Einsam, zweisam, keinsam

Jana Sanusch

Einsam, zweisam, keinsam

Erzählungen

Bibliografische Information Der Deutschen Bibliothek:
Die Deutsche Bibliothek verzeichnet diese Publikation in der
Deutschen Nationalbibliografie; detaillierte bibliografische
Daten sind im Internet über http://dnb.ddb.de abrufbar.

© 2006 Jana Sanusch

Umschlagbild: Jana Sanusch

Herstellung und Verlag:

Books on Demand GmbH, Norderstedt

ISBN 978-3-8334-9757-5

Die Reise nach Paris

Gare du Nord – Freitagabend

Der weinrote Pfeil, der noch vor wenigen Minuten in atemberaubendem Tempo Frankreichs Norden durchpflügt hatte, kam in einer der grauen, betonierten Sackgassen der Gare du Nord sanft zum Stillstand. Dutzende Rinnsale entströmten seinem glänzenden Leib und zerflossen in Windeseile in alle Himmelsrichtungen.

Ein wenig benommen von der rasanten Fahrt ging Kathrin den Bahnsteig entlang und folgte den Hinweisschildern zur Metro. Das Ziel Porte D'Orléans vor Augen stieg sie tief hinab in endlose, dustere, stinkende, labyrinthische Gänge. Schatten kamen ihr entgegen, Schatten überholten sie, einzeln oder in lärmenden Gruppen. Sie verstand ihre Sprache nicht. Als ob sie in Afrika gelandet wäre. Je weiter sie im Dämmerlicht der Gänge vordrang, um so sehnlicher wünschte sie sich, dass ihr ein helles Gesicht entgegenleuchten möge.

Der Tunnel krümmte sich. Am Ende war ein Licht zu sehen. Neue Schatten verdunkelten es von Zeit zu Zeit. Kathrin schritt schneller aus und atmete auf, als sie auf dem hellerleuchteten Bahnsteig anlangte. Sie hatte keine Gelegenheit, sich umzusehen. Die Bahn kam sogleich. Der Wagen war voller Menschen, unter ihnen viele Weiße.

In Strasbourg St-Denis stieg sie um. Erneut irrte sie durch halbdunkle Gänge, folgte dem Schild Pont de Sèvres, gelangte auf einen anderen Bahnsteig, bestieg eine andere Bahn und fuhr bis zum Trocadéro. Sie fand die Straße und das Haus auf Anhieb, wühlte in der Handtasche, nahm das Notizbuch heraus, schlug es auf und tippte den Code ein. Das Summen verriet, dass sie sich nicht geirrt hatte. Sie zog die Tür auf und ging die Treppe hoch. Im fünften Stock schlich sie über einen roten Teppich an zahlreichen Namensschildern vorbei, bis sie das richtige erspähte. Sie klingelte. Anne riss im selben Augenblick die Tür auf, als ob sie dahinter gelauert hätte.

„Deutsche Pünktlichkeit. Du hast Glück. Ich bin gerade erst von der Arbeit gekommen."

„Hast du schon gegessen?"

„Nein?"

„Dann komm mit in die Küche."

Während sich Anne nach dem Verlauf der Reise erkundigte, setzte Kathrin sich auf einen Küchenschemel. Sie beobachtete, wie ihre Freundin geschäftig hin und her lief, zwei Aluschalen mit Lasagne aus dem Backofen holte und auf zwei Teller legte.

Anne plauderte und plauderte, während sie die Lasagne hinunterschlangen. Drei Jahre hatten sie sich nicht gesehen und nur sporadisch Kartengrüße ausgetauscht.

„Wollen wir einen Spaziergang machen?"

„Du wirst staunen. Der Eiffelturm ist gleich um die Ecke."

Kathrin nickte, obwohl sie vor Müdigkeit fast umfiel. Heute war sie besonders früh aufgestanden, weil sie trotz der Reise das gewohnte Pensum schaffen wollte. Wegen der Zugfahrt hatte sie das Büro früher als sonst verlassen. Meist blieb sie freitags lange und ließ auch ihre Mitarbeiter lange arbeiten.

Die beiden liefen hinunter zum Trocadéro. Dutzende von fliegenden Händlern, die meisten Afrikaner, standen im Halbdunkel zwischen den beiden Museen. Dahinter erhob sich der hell erleuchtete Eiffelturm, wie sie ihn von Postkarten kannte.

Anne nahm ihren Arm und führte sie die Treppen hinunter. Sie überquerten die Seine in einem Menschenstrom und trieben auf das berühmte Bauwerk zu, bis sie unter der Eisenkonstruktion standen. Fahrstühle fuhren nach oben. Leute standen Schlange. Anne fragte, ob sie hinauffahren wolle. Sie schüttelte den Kopf und hielt sich die Hand vor den Mund.

Sie wandten sich um und steuerten Arm in Arm durch das Menschenmeer auf die Brücke zu. Ausflugsboote beleuchteten mit Riesenscheinwerfern die Ufer und blendeten die Touristen.

Anne stieg plappernd die Treppen hoch und zog sie am Arm bis in die Wohnung.

„Das hier ist dein Zimmer. Eine schöne Wohnung, nicht wahr?"

„Gehört irgendeinem Manager meiner Firma, der für ein paar Jahre in Amerika ist."

„Die Möbel sind alle von ihm."

„Ja, ziemlich teuer, aber ich bezahle weniger, weil ich auf die Wohnung aufpasse."

„Gute Nacht. Bis morgen."

„Auf dem Nachttisch liegen Stadtplan und Reiseführer, falls du schon mal reinschnuppern möchtest. Man schläft schlecht ein in fremden Betten."

Passy – Samstagmorgen

Grau fiel das Licht durch die Gardinen ins Zimmer. Halb acht. Sie erhob sich, schlich ins Bad und wieder zurück. Dann kleidete sie sich an. In der Wohnung war es totenstill. Keine Uhr tickte, keine Diele knarrte. Nichts. Da sprang in der Küche der Kühlschrank an und erlöste sie.

Sie lief über den Flur ins Wohnzimmer. Als erstes fielen ihr die drei altertümlichen Sofas auf. Ausgerichtet in Form eines U nahmen sie die hintere Hälfte des Raumes ein. Sie sahen recht unbequem und hart aus. Tausende Schnörkel aus Holz verzierten die Rückenlehnen. Louis-XV-Stil nannte man das wohl. Der Kamin an der rechten Wand war mit Nippes bedeckt. In der vorderen Hälfte versteckte sich ein Esstisch für sechs Personen unter einer Spitzendecke.

Eine Fensterfront nahm die gesamte linke Seite ein. Sie öffnete die Balkontür in der Mitte, trat hinaus und betrachtete den grauen Pariser Himmel. Dann schaute sie auf die Straße hinab. Eine elegant gekleidete Dame führte ein winziges Hündchen an der Leine, das alle Augenblicke stehen blieb und an den

Bordstein urinierte. Wenn es sich nicht entleerte, beschnüffelte es eifrig das Pflaster.

Schritte schreckten sie auf. Anne kam ins Wohnzimmer. Sie ging hinein und wünschte ihr einen guten Morgen.

Während Anne in der Küche das Frühstück zubereitete, ging sie zurück in ihr Zimmer, zog die Gardinen beiseite, öffnete die Tür und betrat einen winzigen Balkon. Sie blickte auf einen Hinterhof und eine Mauer. Hinter der Mauer erstreckte sich ein Meer, dessen Wogen zu Stein erstarrt waren.

Eine Hand legte sich auf ihre Schulter. Sie zuckte zusammen.

„Das Frühstück ist fertig."

„Schaust du dir den Friedhof an?"

„Ja, ein Friedhof. Der Cimetière de Passy. Da liegen einige berühmte Leute."

„Die Namen habe ich leider vergessen."

Sie setzten sich an den Küchentisch. Es gab lasche Brötchen aus dem Supermarkt, Marmelade, Käse und bitteren, dünnen Kaffee. Sie hatte sich immer vorgestellt, dass man in Frankreich warme Croissants zum Frühstück aß. Anne hatte wohl keine Zeit zum Bäcker zu gehen.

Anne zwitscherte wie ein Vogel. Sie empfahl einige Sehenswürdigkeiten und verteufelte andere als Geldschneiderei. Um ihre Empfehlungen zu unterstreichen, breitete sie den Stadtplan auf dem Frühstückstisch aus.

„Geh heute nicht in den Louvre. Morgen ist es billiger."

„Hier ist ein Wohnungsschlüssel. Den Code kennst du ja."

„Schade, dass ich arbeiten muss. Du weißt ja, der Euro und das Jahr 2000 machen uns nicht arbeitslos."

„Ich werde gegen sechs zurück sein. Komm bitte nicht viel später. Ich gebe heute eine kleine Party."

Anne räumte ihr Geschirr ab und hastete aus der Wohnung. Kathrin saß eine Weile über den Stadtplan gebeugt, bevor sie aufstand, das Geschirr spülte und den Tisch abwischte.

Im Gästezimmer setzte sie sich aufs Bett, blätterte im Reiseführer und sah sich die Sehenswürdigkeiten an. Wo würde sie beginnen? In jeder Stadt tat ein Tourist doch das gleiche: er sah sich ein Bauwerk inmitten einer Menge Gaffer an, badete in einem babylonischen Sprachengewirr und bezahlte einen horrenden Eintritt, um wenig bis nichts zu sehen, zu erfahren, zu lernen.

Früher hatte sie sich voller Neugier einem unbekannten Bauwerk genähert, Details entdeckt, historische Daten abgespeichert, alte Gemälde bestaunt, immer in der Gewissheit, jemanden neben sich zu haben, der ihre Freude, ihre Überraschung, ihre Wissbegier teilte, oder, wenn sie allein unterwegs war, zu Hause ihrem Bericht lauschte und jedes Wort aufsog.

Sie legte sich aufs Bett und vertiefte sich in die Beschreibung von Notre Dame, sah sich die Fotos an und studierte die Geschichte. Anschließend spazierte sie hinüber zum Hôtel de Ville. Sie blätterte weiter, las sich erneut fest und begab sich auf einen Spaziergang über den Montmartre.

Passy – Samstagnachmittag

Im Wohnzimmer hingen vier Stilleben an der Wand. Sie trat näher, betrachtete eines genauer und entzifferte die Signatur in der rechten unteren Ecke. Anne. Anscheinend hatte sie ihre künstlerische Ader entdeckt.

Eine Tischplatte, mit kräftigen, dunkelbraunen Pinselstrichen auf die Leinwand geworfen, links eine leuchtend blaue Schale. Doch nicht so altertümlich, wie sie nach dem ersten flüchtigen Blick gedacht hatte. In den Gemäldegalerien der Alten Meister gab es keine grellen Farben. Vielleicht waren sie auch nur mit der Zeit verblasst. In der Schale lagen zwei Pfirsiche. Die Pinselstriche waren so fein, dass sie die einzelnen Haare auf der pelzigen Haut voneinander unterscheiden konnte. Rechts auf dem Tisch stand eine ebenfalls blaue Vase. Die leuchtende Kraft der Obstschale fehlte ihr, mit Absicht, wie sie annahm, denn in der Vase standen einige Margeriten von so makellosem Weiß, als wären sie kurz nach dem Regen auf dem unberührten Lande, weit entfernt vom Schmutz der Großstadt gepflückt worden. Eine vollkommene Komposition. Kein falscher Pinselstrich in diesem getreuen Abbild zum Sterben verurteilter Natur.

Das Geräusch quietschender Reifen drang durch die offene Balkontür herauf. Sie trat hinaus auf den Balkon. Unten standen sich ein Lieferwagen und ein Pkw gegenüber. Da auf beiden Seiten der Straße Autos parkten, war gerade so viel Platz, dass zwei Pkws mit Mühe aneinander vorbeifahren konnten. Die beiden Wagen standen sich mehrere Minuten bewegungslos gegenüber. Dann tauchte ein drittes Auto hinter dem Pkw auf. Der Fahrer stoppte und drückte auf die Hupe. Ihr heulender Laut wurde von den Häuserwänden mehrfach zurückgeworfen.

Endlich gelangte Bewegung in die Szene. Der Chauffeur des Lieferwagens legte den Rückwärtsgang ein, fuhr zurück bis zur nächsten Querstraße und manövrierte das Hinterteil des Wagens hinein. Die beiden Pkws fuhren vorbei.

Sie ging zurück ins Wohnzimmer. Es war so perfekt eingerichtet, als ob sich nie jemand darin aufhalten würde. Sie verstand nicht, warum Anne die Dekoration nicht abgeräumt hatte, um sie bei der Rückkehr des Managers wieder aufzubauen.

Jeder Gegenstand sah aus, als würde er genau an seinem angestammten Platz stehen und diesen niemals mehr verlassen. Alle Dinge verteidigten ihre Stellung und verwehrten dem Staub, sich auf ihnen niederzulassen. Die Beziehungen zwischen den Gegenständen erschienen ihr konstruiert. Die dunkle, vertrocknete Rose passte nicht zu der Kristallvase, in der sie gefangengehalten wurde. Die Bücher schienen nach Größe und Prächtigkeit ausgerichtet zu sein, nicht nach dem Inhalt, und machten so von vornherein die Suche eines Bandes nach einem bestimmten System unmöglich. Unscheinbare, teilweise völlig zerlesene Bücher fristeten ein Schattendasein in den oberen Fächern des Bücherschrankes, während in der Mitte dicke Wälzer standen, die aussahen, als ob sie bis heute in Folie eingeschweißt gewesen wären und noch nie jemand ihre jungfräulichen Seiten umgeblättert hätte. Die Statue auf dem Glastisch im U der drei Sofas, eine Kopie der Venus von Milo, erstrahlte in reinstem Weiß und stand im frivolen Widerspruch zu der Schwere und Ernsthaftigkeit der dunklen Ranken aus Eichenholz, die das Karree begrenzten.

Sie wagte nicht, sich ins Wohnzimmer zu setzen und die stumme Zwiesprache der Gegenstände zu stören. Es zog sie in ihr Zimmer.

Der Friedhof lag im diffusen Licht des Nachmittags. Die meisten Gräber sahen aus wie kleine Häuschen. Dazwischen lagen vereinzelt ein paar antike Tempelchen, steinerne Monumente der Unsterblichkeit, die bestimmt ein Vermögen kosteten. Eine merkwürdige Art, sich ein Denkmal zu setzen, sich im Gedächtnis der Menschen einzunisten.

Zwei alte Damen liefen Arm in Arm die Gräberreihen entlang. Bisweilen blieben sie stehen und begutachteten einen der Steine wider das Vergessen.

Auf dieser Seite müsste eigentlich der Eiffelturm zu sehen sein. Sie sah ihn nicht. Nur leise drangen die Geräusche des Verkehrs vom Trocadéro herüber. Die Oase der Toten lag still dazwischen. Der Tod hatte sich mitten in Paris ein Refugium geschaffen und gebot dem Leben in der Umgebung ehrfürchtiges Schweigen.

Sechzehn Uhr. Bald würde Anne zurückkommen. Es wäre besser, wenn die Freundin sie nicht in der Wohnung antreffen würde. Es war zu spät, ins Zentrum zu fahren und sich irgend etwas anzusehen. Den Eiffelturm hatte sie schon gestern gesehen. Zögernd zog sie ihren Mantel an.

Unten auf der Straße begegnete ihr die elegante Dame mit dem winzigen Hündchen, die sie am Morgen vom Balkon aus beobachtet hatte. Das Hündchen schnüffelte eifrig am Rinnstein, während Madame gelegentlich an der Leine zog und ständig vor sich hin murmelte. Anscheinend sprach sie mit dem Hündchen. Sie sprach aber viel zu leise, als dass es bis zu ihrem Liebling unten am Bordstein vordrang. Er knurrte ab und zu, wenn Madame allzu heftig an der Leine zog. Ansonsten ließ er sich nicht von seinen Geschäften abhalten.

Zwei dunkelhaarige Jungen, vielleicht acht Jahre alt, spielten Fußball auf dem Trottoir und störten die Friedhofsruhe des Viertels. Die zwei riefen sich Wörter in einer fremden Sprache zu. Sie hatte Schwierigkeiten, an den beiden vorbeizukommen, da sie ihren Ballwechsel über die gesamte Breite des Bürgersteiges nicht unterbrachen. Schließlich schlängelte sie sich durch.

Sie ging ein paar Schritte, als jemand hinter ihrem Rücken plötzlich kreischte. Sie drehte sich um. Eine Frau, am Arme ihres Gatten, spuckte einen Wasserfall brodelnder, zischender Wörter auf die beiden Jungen, die ihren Ballwechsel inzwischen abgebrochen hatten. Der eine bückte sich und nahm den Ball unter den Arm. Sie standen reglos, gespannt, jede Sekunde bereit zur Flucht, jeweils einer auf jeder Seite des Bürgersteiges, zwischen ihnen das Paar. Die Frau geiferte, ohne Luft zu holen.

Kathrin verstand kein einziges Wort, blieb aber wie angewurzelt stehen und betrachtete die Szene. Der Mann schwieg, machte ein paar schüchterne Bewegungen mit dem Arm, als wolle er seine Frau weiterzerren. Die Jungen standen still und ließen die Predigt über sich ergehen.

Plötzlich unterbrach die Frau ihren Redeschwall und sah Kathrin an. Nach wenigen Sekunden bellte sie erneut los. Kathrin machte auf der Stelle kehrt und flüchtete zum Trocadéro.

Auf dem Platz zwischen den beiden Museen wandte sie sich um und blickte hinauf zum Friedhof, der hoch oben über dem Verkehr thronte. Auf dem Felsen lag ein anderes Reich, an dem die Pariser achtlos in ihren Autos vorüberfuhren.

Am Eiffelturm standen Schlangen an allen Aufgängen. Sie lief vorbei und fand eine Bank ganz für sich allein. Sie hätte den Reiseführer mitnehmen sollen, um ein bisschen zu lesen.

Passy – Samstagabend

„Endlich! Ich habe mir schon Sorgen gemacht."
„Die ersten Gäste sind schon da."
„War es schön? Hast du viel gesehen?"
„Bestimmt bist du müde von der Asphaltlatscherei. Ich war beim ersten Mal auch ganz schön fertig von der Stadt."
„Ja, geh ruhig ein halbes Stündchen in dein Zimmer. Ich kann dich später immer noch vorstellen."
Der Friedhof lag verlassen in der Dämmerung. Bestimmt war der Eingang bereits abgeschlossen, damit die Toten eine ungestörte Nachtruhe hatten. Endlich lagen sie in ihren Häuschen, unbehelligt vom Geplapper der Witwen und der anderen Verwandten, die sie tagsüber aus der Ewigkeit des Vergehens aufschreckten.
Vielleicht erzitterten sie auch im Takte der U-Bahnen, die den Platz jede Minute unterquerten. Ein Hupkonzert klang vom Trocadéro herauf und raubte ihnen womöglich den letzten Nerv. Am Nachmittag war es auf dem Balkon so still gewesen, als ob die Toten den Lärm aufgesogen hätten, um den Geschmack des Lebens zu spüren. Jetzt am Abend legten sich die Geräusche des Trocadéro über die Gräber und drangen sogar herauf in die Wohnung. Die Toten schienen in sich gekehrt zu sein, befreit von der Sucht nach Leben.
Sie trat zurück ins Zimmer. Im selben Moment öffnete sich die Tür. Anne hatte sie nicht ein zweites Mal auf dem Balkon erwischt. Sie ging mit ihr ins Wohnzimmer. Dort standen ein paar Leute mit Gläsern in der Hand herum und sahen sie erwartungsvoll an.
„Pierre. Kathrin."

Sie streckte die Hand aus, verzerrte die Lippen zu einem Lächeln. Er drückte zart ihre Hand, murmelte irgend etwas auf Französisch.

Anne nahm ihren Arm, schob sie weiter und stellte sie irgendwelchen Leuten vor. Erst bei der vierten Vorstellung bemerkte sie, dass nicht ein Ton über ihre Lippen gekommen war, dass sie nur gelächelt hatte.

Nach der Begrüßungsrunde drückte Anne ihr einen Drink in die Hand. Die Leute nahmen die Gespräche in ihren Gruppen wieder auf. Sie setzte sich auf eines der Sofas, beobachtete die anderen und verschanzte sich in der Rolle der unsichtbaren Beobachterin. Instinktiv drängte sie sich gegen die harte Lehne. Vor dem Kamin standen drei Männer und zwei Frauen und unterhielten sich angeregt auf Französisch, mal zu zweit, mal zu dritt, mal zu fünft. Am Fenster standen zwei Landsleute und unterhielten sich über die Arbeit. Sie hatte keine Lust, in Paris über Software zu fachsimpeln, und drückte sich in die Ecke des Sofas, so dass sie jeden Schnörkel der Verzierung im Rücken spürte. Doch die beiden waren so ins Gespräch vertieft, dass sie wahrscheinlich trotz der kurzen Vorstellung Kathrins Ankunft überhaupt nicht registriert hatten.

Die überbordende Dekoration war auf wundersame Weise verschwunden. Allein die Venus von Milo behauptete ihren Platz auf dem Glastisch.

Pierre setzte sich neben sie und schreckte sie aus ihren Betrachtungen auf. Sie hatte nicht gesehen, wie er sich von der Seite genähert hatte. Er starrte eine Weile in sein Glas, als ob er auf dessen Grund ein Gesprächsthema entdecken könnte.

Plötzlich hob er den Kopf und sah sie an.

„Eine so wunderbare Gelegenheit, meinen deutschen Wortschatz vom Rost zu befreien, lasse ich mir nicht entgehen. Wie gefällt Ihnen Paris? Bestimmt sind Sie überwältigt von den neuen Eindrücken."

„Zum ersten Mal in der Stadt der Städte?"

„Dann ist das kein Wunder. Wo waren Sie heute?"

„Notre Dame. Wunderbar."

Ein Glück, dass sie den Reiseführer und den Stadtplan ausgiebig studiert hatte. Pierre erzählte Anekdoten und machte sie mit den Besonderheiten zahlreicher Orte bekannt. Sein Redestrom umhüllte sie. An seiner Seite trieb sie durch den Abend und lächelte ihn an. Es fiel ihr nicht einmal schwer.

Die anderen standen weiterhin umher, wechselten ab und zu die Gruppe und wanden sich anderen Gesprächspartnern zu. Die beiden Deutschen wurden integriert und gezwungen, französisch zu sprechen. Alle naschten von den Kleinigkeiten, die Anne auf dem Esstisch angerichtet hatte.

Anne kam hin und wieder mit einem Teller vom Büfett vorbei, bot ihr einen Happen an, wechselte ein paar Worte mit Pierre und ging wieder zurück zu den anderen. Stundenlang saß Kathrin mit Pierre auf dem Sofa und ließ sich berieseln.

Nach und nach verschwanden die Leute. Jeder gab ihr zum Abschied die Hand, begleitet von einigen französischen Wörtern. Sie lächelte zurück. Einer der Deutschen bedauerte, dass es an einer Gelegenheit für ein Gespräch unter Fachmännern und -frauen gefehlt habe.

Pierre war der letzte Gast. Er erhob sich und vergrub seine Hände in den Hosentaschen. Nach einiger Zeit lief er auf den Flur, nahm einen Schal vom Garderobenständer, legte ihn schwungvoll um den Hals und rückte er sein Jackett zurecht.

„Was meinst du, Anne? Wie wäre es mit einer kleinen Autofahrt über die Champs Elysées? Damit deine Freundin etwas von Paris bei Nacht sieht. Mein Wagen steht um die Ecke."

„Ach, ihr habt schon einen Spaziergang gemacht."

„Nur zum Eiffelturm? Das zählt nicht."

„Anne, willst du wirklich nicht mitkommen?"

„Aber Kathrin kommt mit!"

Sie verließen das Haus, liefen ein Stück die Straße hinunter zu Pierres Auto.

Kathrin starrte aus dem Seitenfenster und versuchte, während der Fahrt soviel wie möglich von Paris aufzunehmen, während es an ihr vorbeirauschte. In Schrittgeschwindigkeit fuhren sie über die Champs Elysées. Pierre ließ ihr Zeit, das Lichtermeer zu betrachten. Es war eine Flaniermeile, wie sie in allen Städten existierte, nur breiter, länger und voller als anderswo. Nachdem sie den Arc de Triomphe passiert hatten, raste Pierre zurück nach Passy. Schweigend saßen sie in den wenigen Minuten nebeneinander.

Pierre hielt in zweiter Reihe vor Annes Haus.

„Na, sprachlos? Zu viel Eindrücke?"

„Kann ich verstehen."

„War nett der Abend mit Ihnen. Endlich hatte ich die Gelegenheit, Annes Freundin kennen zu lernen."

„Ja, sie erzählt sehr oft von der Universität, von der WG und vor allem von Ihnen."

„Nicht der Rede wert. War mir ein Vergnügen, Ihnen ein Stück von Paris zu zeigen."

Sie löste den Sicherheitsgurt und wollte die Tür öffnen. Da beugte sich Pierre vor und küsste sie auf den Mund. In Windeseile hatte sie die Tür aufgerissen, war aus dem Auto gestürzt, zur Haustür gehastet und hatte den Code eingetippt, bevor Pierre sich aus dem Gurt befreien und ihr nacheilen konnte. Zum Glück hatte sie ein gutes Gedächtnis und den Code sofort parat.

Passy – Sonntagmorgen

„Wir sind spät dran. Der Job macht mich noch krank. Nie kann ich in Ruhe frühstücken."

„Du musst dich beeilen, damit du pünktlich im Louvre bist. Später gibt es immer riesige Schlangen."

Anne stellte hastig Tassen und Teller auf den Tisch, vergoss Kaffee, fluchte und begann, ein Brötchen hinunterzuschlingen.

„Wie war es gestern mit Pierre? Du kamst ja schnell zurück."

„Hat er versucht, dich abzuschleppen?"

„Warum eigentlich nicht? Früher hast du nichts anbrennen lassen."

„Ich kann mich gar nicht mehr an Peter erinnern."

„Es muss schlimm gewesen sein. So von einem Tag auf den anderen. Nur weil irgendein Kerl seinen Wagen nicht stehen lassen konnte."

Nach Minuten des Schweigens, die sie Brötchen kauend und Kaffee schlürfend fast ins Unendliche ausdehnten, sprang Anne plötzlich auf.

„Du, ich muss gehen."

„Nein, lass mal. Trink deinen Kaffee in Ruhe. Aber warte nicht zu lange. Der Andrang ist manchmal unvorstellbar."

„Ich bin um drei zurück und bringe dich zum Bahnhof. Bis dann!"

Eiffelturm – Sonntagmittag

Es war eine gute Idee, zu der Bank von gestern zurückzukehren. Dieses Mal mit Reiseführer. Die Besichtigung des Louvre hatte sie abgeschlossen. Sie studierte nun die technischen Details des Eiffelturms. Ab und an verglich sie den Text und Turm.

Sie legte das Buch in ihren Schoß und betrachtete die Leute. Touristen, die Paris in Horden abgrasten und abknipsten, um etwas zu Hause zu erzählen. Auch sie würde über alles genauestens berichten können, aber es würde sie keiner fragen. Im Büro hatte sie nach ihrer Beförderung keine privaten Dinge mehr erzählt. Niemand wusste, dass sie in Paris war. Alle hatten am Freitag erstaunt aufgesehen, als sie bereits um halb vier das Büro verlassen hatte.

Sie schloss die Augen. Die Sonne wärmte ihr Gesicht. Sie fühlte sich an diesem Ort geborgen, als ob sie ihr ganzes Leben hier verbracht hätte. Trotz des Gedränges rund um den Eiffelturm schien der Raum um die Bank nur ihr zu gehören. Alle respektierten die unsichtbare Grenze.

Sie nahm den Reiseführer und schlug irgendeine Seite auf.

Der Cimetière de Passy, errichtet auf dem höchsten Punkt des Viertels, beschattet von Kastanienbäumen, beherbergt unter anderem die Gräber von Claude Debussy (1862-1918) und Édouard Manet (1832-1883). Sehenswert sind das Grab des Innenarchitekten Ruhlmann und das 20.000-Dollar-Mausoleum der Malerin und Dichterin Marie Bashkirtseff (1860-1884), die jung verstarb und durch ihr Tagebuch einige Berühmtheit erlangte. Bei der Concierge in der Rue du Schloesing kann die Lage berühmter Gräber erfragt werden ...

Sie schlug das Buch zu und schloss abermals die Augen.

Passy – Sonntagnachmittag

Sie war schon über eine halbe Stunde in der Wohnung, hatte ihre Sachen gepackt, saß auf ihrem Bett und blätterte im Reiseführer. Anne tauchte nicht auf.

Das Telefon klingelte. Sie ging auf den Flur und hob ab.

„Anne?"

„Ach, Kathrin. Sie sind es. Ist Anne zu Hause?"

„Und Sie? Was machen Sie heute abend?"

„Nach Hause? Ach so."

„Ja, dann. Gute Reise."

Sie hielt den Hörer eine Weile in der Hand, bevor sie endlich auflegte. Das Telefon klingelte erneut. Sie zögerte, nahm schließlich ab.

„Na endlich, Kathrin. Mit wem hast du telefoniert?"

„Pierre wollte mich sprechen? Wohl eher dich."

„Hör mal, ich kann nicht weg. Alles läuft mal wieder schief. Tut mir leid."

„Ja, war schön, dich nach so langer Zeit wiederzusehen."

„Wirf ihn durch den Briefschlitz. Und entschuldige, dass ich so wenig Zeit für dich hatte. Das nächste Mal musst du länger bleiben. Du hast ja kaum etwas von Paris gesehen."

Wenn Anne wüsste. Ein Wochenende reichte völlig aus, um Paris kennen zu lernen. Sie legte den Reiseführer auf das Tischchen im Flur und zog die Tür hinter sich zu.

Fünfzig

Davíd verließ das Haus, blickte kurz hinauf, winkte Tomás zu und lief über die Straße in den Park. Tomás drückte die Zigarette im Blumenkasten aus und sah seinem Sohn nach. Er würde für drei Tage aus seinem Leben verschwinden, drei wichtige Tage in der Woche vor seinem fünfzigsten Geburtstag.

Tomás ging ins Schlafzimmer, setzte sich an den Schreibtisch und versuchte, sich auf die Stelle zu konzentrieren, an der er die Übersetzung gestern abgebrochen hatte. Seine Finger lagen reglos auf der Tastatur, während er auf den Bildschirm starrte. Er kannte das Wort, er sah die Übersetzung vor sich, aber unzählige andere Wörter schoben sich zwischen ihn und richtige Wort.

Er ging wieder auf den Balkon, zündete sich eine Zigarette an und beobachtete die Straße. Die Asche fiel zwischen die Pflanzen. Seit Maria ihn vor dreizehn Jahren während der Schwangerschaft auf den Balkon verbannt hatte, benutzte er die Balkonkästen als Aschenbecher. Maria ertrug, dass die Pflanzen immer wieder eingingen.

Ein feiner Schmerz im Herzen erinnerte ihn daran, wie sehr er an seinem zweiten Leben hing. Manchmal kam es ihm vor, als wäre sein Leben recht kurz gewesen, weil er die fünfzehn Jahre vor der Ankunft in diesem Land vergessen hatte.

Die Briefträgerin schob ihren Wagen die Straße herauf und verteilte die Ladung in den Hauseingängen. Er lief er hinunter und nahm einen Brief seiner jüngeren Schwester Magdalena aus dem Briefkasten.

Nachdem er die bunten Briefmarken für Davíd abgelöst hatte, überflog er die Zeilen. Plötzlich hielt er inne. Sein Herzschlag setzte für einen Augenblick aus. Von neuem las er den

Absatz. Die Nachricht sprang ihm wie von Geisterhand vergrößert aus einem Nebensatz entgegen und nährte die fatale Stimmung, in der er sich seit Wochen befand. Rosa, 49 Jahre, Krebs. Er hatte ewig nichts von ihr gehört, sich nicht für ihr Schicksal interessiert. Er wusste, dass sie in San Miguel geblieben war, geheiratet und mehrere Kinder großgezogen hatte. Sie hatte wenige Straßen von Magdalena entfernt gewohnt. Nie war sie ihm während der Besuche in der Heimat über den Weg gelaufen. Nie hatte er Magdalena nach ihr gefragt. Nun erwähnte seine Schwester Rosas Tod beiläufig in ihrem Brief. Der Tod zog seine Kreise immer enger. Er hatte nun seine Jugendliebe geholt. Bald würde er ihn holen.

Tomás rauchte eine Zigarette nach der anderen, dachte an die Menschen, die er schon verloren hatte, und wartete, dass Maria nach Hause kam, um sie zu lieben und festzuhalten.

Donnerstag

Wenn Maria nicht die restlichen Seiten der Bedienungsanleitung übersetzt hätte, wäre er nie fertig geworden. In der letzten Zeit passierte es häufig, dass ein Sog die Buchstaben am Bildschirm durcheinanderwirbelte und sie zu Wörtern einer unbekannten Sprache zusammenstellte. Er hatte jedes Mal versucht, die Buchstaben wieder aufzufädeln und ihnen einen Sinn zu geben, bis er begriffen hatte, dass sie ein Fenster in seine Zukunft bildeten und vielsprachig schrieen: muerte, huañushca, mort, death, Tod.

Tomás durchwühlte den Papierberg auf dem Schreibtisch und verscheuchte die Gespenster. Er steckte die Blätter und die Diskette in die Aktenmappe und machte sich auf den Weg zur Straßenbahnhaltestelle. Die Übersetzung hätte er per Email schicken können, so wie er auch die Aufträge erhielt, aber er liebte es, auf altmodische Art Kurier zu spielen. Er fuhr gern durch die ganze Stadt und stellte seine Arbeit persönlich zu.

So sah er die Welt außerhalb der eigenen vier Wände, zwischen denen er viel zu oft festsaß.

Die Straßenbahn kam sofort. Er stieg ein und setzte sich ans Fenster.

Seit Monaten beschäftigte ihn ein einziges Thema: sein fünfzigster Geburtstag. Der Schatten legte sich vor über dreißig Jahren über die Familie, als sein Vater zwei Tage vor seinem fünfzigsten Geburtstag in den Pazifik hinausschwamm und nicht zurückkam.

Im Strandhaus liefen bereits die Vorbereitungen für die Feier. Die Verwandten wurden am nächsten Tag erwartet. Seine Mutter hatte zwei Frauen eingestellt und beherrschte seit einer Woche Haus und Küche, kümmerte sich um die Dekoration, die Einkäufe auf dem Markt und die Speisenfolge. Das Fest war ausführlich geplant worden, aber das Meer hatte allen einen Strich durch die Rechnung gemacht. Aus der Geburtstagsfeier wurde plötzlich ein Begräbnis ohne Leiche.

Tomás erinnerte sich, dass seine Mutter tagelang am Strand ausgeharrt und aufs Meer hinausgestarrt hatte. Keiner ihrer Söhne konnte sie überreden, ins Haus zurückzukehren. Der örtliche Polizeichef ließ mehrere Tage die Küste absuchen und musste schließlich aufgeben, nicht ohne von der Mutter als unfähig und faul beschimpft zu werden.

Damals glaubten alle an einen tragischen Unglücksfall. Sie glaubten auch daran, als sein ältester Bruder Miguel vor vier Jahren wenige Tage vor seinem fünfzigsten Geburtstag von einem Auto überfahren wurde. Ein Beinbruch, einige Rippen, kein Grund zur Besorgnis, sagte die Schwägerin am Telefon. Tomás rief jeden Tag an und erfuhr, dass Miguel lange liegen würde, dass sie das Schlafzimmer umräumten, dass sie ihn so bald wie möglich nach Hause holen wollten, um die Krankenhauskosten zu sparen. Es traf es ihn völlig unerwartet, als mitten in der Nacht das Telefon klingelte und er erfuhr, dass Miguel am Vorabend seines fünfzigsten Geburtstages gestorben war, an inneren Blutungen, die die Ärzte tagelang nicht entdeckt hatten.

Da war sie wieder, die Zahl fünfzig. Dreißig Jahre lang hatte Tomás sie verdrängt. Dreißig Jahre hatte er an einen Unfall geglaubt. Nun drängte sich die Zahl vor und beanspruchte ihre Rechte.

Er gab seine gesamten Ersparnisse für einen Flug aus und flog am übernächsten Tag in die Heimat. Es war ihm wichtig, von Miguel Abschied zu nehmen, obwohl er damals auf Marias Kosten lebte. Er bekam nur selten Übersetzungsaufträge und seine beiden Sprachschüler fanden ihn mit Almosen ab.

Sein älterer Bruder Oscar hatte die Beerdigung organisiert. Sie fand am Tag seiner Ankunft statt. Tomás blieb drei Wochen. Jeden Abend saß er mit Oscar zusammen. Eines nachts sprach Oscar aus, woran auch Tomás ständig dachte. Anscheinend sollten sie nicht ihren fünfzigsten Geburtstag erleben. Ihr Vater hatte es nicht geschafft, und auch Miguel war kurz vorher vom Tod eingeholt worden.

Oscar war vor einiger Zeit 48 geworden. Tag und Nacht dachte er daran, dass weniger als zwei Jahre noch vor ihm lägen und dass die verbleibende Zeit viel zu kurz für seine zahlreichen Pläne wäre. Am nächsten Tag suchte er einen Anwalt auf und ließ seinen Letzten Willen beurkunden. Umsonst redete Tomás auf ihn ein, sich nicht zu quälen. Bald darauf reiste er ab.

In den nächsten Monaten schrieb Oscar von Zeit zu Zeit und berichtete, dass sich sein Sohn endlich, drei Jahre nach Beendigung des Studiums, als Juniorchef der Baufirma bewährte und er immer weniger bei den Alltagsgeschäften benötigt wurde. Als er 49 wurde, übergab er die Firma an den Sohn und machte mit seiner Frau eine lange Europareise: Andalusien, das Land ihrer Vorfahren, Frankreich, England, Italien, Griechenland, ...

Acht Wochen waren sie in Deutschland, davon vier lange Wochen bei Tomás. Oscar saugte alle Eindrücke auf, ließ kein

Vergnügen aus. Er wollte den Geschmack des Lebens süß und bitter auf der Zunge spüren, bevor er sich verabschiedete. Er wollte den kleinsten Augenblick der Freude, des Erstaunens, der Überraschung, des Glücks festhalten, bevor er sich im Dunkel des Vergessens verlor.

Nächtelang redeten die Brüder über ihre Kindheit, über den Vater, über Miguel und blätterten miteinander im imaginären Fotoalbum ihres gemeinsamen Ursprungs. Sie lachten über längst vergessen geglaubte Kinderstreiche, spürten noch einmal die Schmerzen nach den Schlägereien in der Schule und die Übelkeit nach den ersten Besäufnissen mit den Schulkameraden. Sie dachten an die dicke Frau des Apothekers zurück, die nacheinander die drei Brüder auf der ehelichen Schlafstatt in die Geheimnisse der Liebe einweihte, während ihr Mann neue Medikamente besorgte oder die Gewinne zur Bank brachte. Sie erinnerten sich an die Entbehrungen nach dem plötzlichen Tod des Vaters, als das Strandhaus und die Hazienda verkauft wurden und sie nicht mehr jeden Tag Fleisch aßen. Damit alle Geschwister studieren konnten, musste sich die Familie einschränken, denn ihre Mutter hatte darauf bestanden, die Firma allein weiterzuführen, und hatte sogar den von ihrem Mann eingesetzten Geschäftsführer entlassen, weil sie ihn schmutziger Geschäfte verdächtigte. Sie verlor viele Aufträge, weil sie die Gebräuche im Baugewerbe nicht kannte, und brachte die Firma an den Rand des Ruins. In dieser schwierigen Situation brach Oscar sein Studium ab und brachte den gewohnten Wohlstand in die Familie zurück.

Die Zeit danach sparten sie aus. Nach dem Studium war Tomás einen anderen Weg gegangen und hatte sich für Jahre von der Familie entfernt. Oscar hatte ein verschwommenes Bild davon, was in diesen zehn Jahren geschehen war, aber er wusste, dass sein Bruder nicht darüber reden wollte.

Drei Monate vor seinem fünfzigsten Geburtstag kehrte Oscar nach Hause zurück. Dort schloss er sich vormittags in das Arbeitszimmer ein, sichtete Papiere, schrieb Anweisungen für den Sohn und versank stundenlang in Erinnerungen, sobald ihm alte Fotos in die Hände fielen. Nachmittags fuhr er seine Frau im Auto spazieren und speiste jeden Abend mit ihr im Restaurant. Er bestand darauf, dass sein Sohn, seine Tochter und die Enkel den Sonntag im Kreise der Familie verbrachten. Der Tochter verzieh er nach zwei Jahren endlich ihre Scheidung, kaufte ihr eine Wohnung und ermunterte sie, ihr Studium zu beenden, das sie nach ihrer Heirat abgebrochen hatte.

Je näher sein fünfzigster Geburtstag herankam, um so abwesender wurde Oscar. Stundenlang saß er mit geschlossenen Augen in seinem Lieblingsstuhl auf der Veranda. Nur das gleichmäßige Schaukeln verriet, dass er noch unter den Lebenden weilte. Alle Papiere waren geordnet, alle Anweisungen geschrieben, die Firma ordnungsgemäß übergeben. Er hatte die Länder bereist, die er sehen wollte, hatte von den Speisen gekostet, die er schon immer essen wollte, und er wusste, dass er die Frau und die Kinder hatte, von denen er als junger Mann geträumt hatte. Er hatte seine Lebensangelegenheiten einem geordneten Abschluss entgegengebracht und fühlte sich in den Tagen vor seinem fünfzigsten Geburtstag leicht und leer.

Am Vorabend seines Geburtstags war er in guter körperlicher Verfassung. Der Arzt war zufrieden mit ihm, und trotzdem sagte Oscar zu seiner Frau, dass es jetzt wohl soweit wäre, als er sich neben sie ins Bett legte.

Am Morgen war er tot. Keiner hatte ihn ernst genommen. Alle hatten nur den Kopf geschüttelt, wenn er von seinen Vorahnungen sprach. Er war eigentlich zu jung gewesen, solche Gedanken zu haben.

Dieses Mal konnte Tomás den Flug bezahlen und Maria und Davíd mitnehmen.

Seine Schwägerin machte sich bittere Vorwürfe, dass sie Oscar nicht davon abgebracht hätte, an diese Wahnidee zu glauben. Wenn Oscar seinen Tod nicht so inbrünstig herbeigesehnt hätte, wäre er nicht eingetroffen. Sie warnte Tomás, ebenfalls diesem Aberglauben zu verfallen. Tomás war froh, dass Maria nicht zuhörte. Überhaupt schien sie keinen Zusammenhang zwischen Oscars und Miguels frühem Tod zu erkennen. Er hatte ihr nie erzählt, wie alt sein Vater war, als er starb.

Zurück in Deutschland nahm er sich vor, nicht an seinen fünfzigsten Geburtstag zu denken, ahnte aber, dass er der nächste sein würde. Vergeblich wehrte er sich gegen die fatalen Vorahnungen. Immer mehr glaubte er an die scheinbare Zwangsläufigkeit seines Schicksals, denn er war 48, so alt wie Oscar, als Miguel starb. Er war davon überzeugt, dass sich die Geschichte wiederholen würde, dass ein Fluch über seiner Familie lag. Mühsam hielt er die Normalität seines Lebens aufrecht und errichtete für Maria und Davíd eine Fassade, hinter der er seine Zweifel und Ahnungen versteckte.

Letztes Jahr starb Oscars Witwe nach einer monatelangen, rätselhaften Krankheit. Die Nachricht goss neues Öl ins Feuer seiner Verzweiflung. Seine Gedanken kreisten immer enger um die Monate, die ihm noch blieben. Irgendwie hatte er es geschafft, weiter zu übersetzen, obwohl er es sinnlos fand, seine Zeit an solch unwichtige Sachen zu verschwenden. Er war an Orte gefahren, die er schon lange einmal sehen wollte, und hatte Maria und Davíd mit den Reisen nach Griechenland und Russland sehr überrascht. Als sie freilich durch diese fernen Flecken seiner Sehnsucht spazierten, fand er alles fade und langweilig, nicht wert, überhaupt in seinem Gedächtnis abgelegt zu werden. Was nützte es noch, Eindrücke zu sammeln? In kürzester Zeit würden sie ihm sowieso auf ewig entrissen werden.

Den größten Schmerz bereitete ihm der bevorstehende Abschied von Davíd. Er würde von seiner Seite gerissen werden, ohne ihn mit seiner ersten Zigarette erwischt oder seine erste Freundin gesehen zu haben. Nie würde er sein Abitur feiern und nie ein Enkelkind im Arm halten. All diese Ahnungen fügten sich in seinem Kopf zu einer feststehenden, unabänderlichen Zukunft zusammen.

Die Bahn hielt. Tomás stieg aus und überquerte die Straße. Reifen quietschten. Er wachte vor der Stoßstange eines grünen Kleinwagens auf. Der Fahrer, ein junger, blonder Mann, tippte mit dem Zeigefinger an die Stirn.

Sein Gesicht verwandelte sich für einen Augenblick in die hämische Fratze des Todes. Die Haut vertrocknete im Bruchteil von Sekunden, wurde alt und braun. Die Wangenknochen standen hervor. Das Haar löste sich in Luft auf und gab dieselbe gelblich-bräunliche Haut voller Falten frei. Aus tiefen Höhlen funkelten ihn schwarze, böse Augen wissend an.

Verstört wandte sich Tomás ab. Neben dem Firmenschild von Ellmore Briggs lehnte er sich gegen die Mauer und sah, wie der junge Mann kopfschüttelnd davonfuhr. Es dauerte lange, bis ihm seine Beine wieder gehorchten und er das Gebäude betrat. Noch vier Tage.

Freitagabend

David redete ohne Unterlass von der Klassenfahrt und gestikulierte mit dem Löffel. Tomás unterdrückte den Gedanken, dass dies eines der letzten Erlebnisse seines Sohnes sein würde, das er mit ihm teilte. Der Schmerz lähmte ihn. Die Suppe floss vom Löffel auf den Teller zurück.

Er schrak auf, als Maria seinen Arm berührte.

„Träumst du?"

Er schüttelte den Kopf.

„Wir reden von deinem Geburtstag. Willst du wirklich keine Feier? Willst du niemanden einladen?"

„Ich habe es dir doch gesagt. Ich will kein Aufheben um dieses Datum machen."

Beinahe hätte er mit der Faust auf den Tisch gehauen. Maria sah den Ansatz der Bewegung, zuckte zusammen und zog ihre Hand zurück, bevor sie leise sagte: „Aber man wird nur einmal fünfzig ..."

„Ist vor drei Jahren gestorben. Krebs."

„Das wusste ich gar nicht, aber wie ich Werner kenne, ist er nicht lange allein geblieben."

Ursula schaute in ihre Kaffeetasse und rührte mit dem Löffel in der hellbraunen Brühe. Ab und zu klirrte der Löffel gegen die Wand der Tasse.

„Wer ist denn die Glückliche?"

Sie legte den Löffel hin und nahm einen Schluck aus ihrer Tasse.

Günther sah, wie ihre Finger die Tasse umklammerten. Wäre sie aus einem feineren Material gewesen, wäre sie in tausend Scherben zersprungen. Neugierig schob er den Kopf vor.

Ursula blickte auf und sah ihn an. „Er will mich heiraten."

Für einen Augenblick verschlug es ihm die Sprache.

„Du und Werner?"

Ursula zuckte mit den Schultern und schwieg. Zwei, drei Minuten der Stille erschienen Günther wie eine Ewigkeit.

„Was ist denn los?"

„Ich bin abgehauen. War wohl nicht darauf vorbereitet, noch mal einen Antrag zu bekommen. Er sagt, dass wir besser versorgt wären, dass wir Miete sparen würden. Ich weiß nicht, ob ich noch mal jemanden in meine Wohnung lassen will. Ich muss erst darüber nachdenken."

Sie schüttelte den Kopf und blickte in ihre leere Kaffeetasse.

Beide schwiegen. In Günthers fiel kein Thema ein, auf das er das Gespräch lenken könnte.

Ursula sah auf ihre Uhr. „Halb sechs. Wir haben fast zwei Stunden hier gesessen."

Sie winkte dem Kellner. „Bestimmt ist Beate schon zu Hause."

„Lass. Ich lade dich ein", sagte Günther und bezahlte.

Ursula stand auf und bedankte sich. Günther nahm wieder ihre Tasche. Sie verließen das Café und schwiegen. Es war wie eine Begegnung alter Bekannter gewesen. Sie hatten den neuesten und weniger neuen Klatsch ausgetauscht und sich danach nichts mehr zu sagen.

Es dämmerte. In den drei Blöcken waren bereits viele Fenster erleuchtet. Sie blieben vor der Nummer dreiundzwanzig stehen. Ursula klingelte. Kurz darauf sprang ein fragendes „Ja" aus der Gegensprechanlage.

„Ich bin's, deine Mutter."

Der Türöffner summte. Ursula drückte die Tür auf und machte einen Schritt ins Hausinnere. Günther überreichte ihr die Reisetasche. Das Licht im Flur ging an.

„Willst du nicht kurz mit nach oben kommen?"

„Nein, lieber nicht. Ihr habt euch bestimmt viel zu erzählen nach zwei Jahren."

„Du störst wirklich nicht."

Günther trat einen Schritt zurück. „Mach's gut, Ursula. Grüß Beate von mir."

Er war im Dunkel verschwunden, bevor sie ihm antworten konnte. Auf dem Parkplatz blieb er zwischen den Autos stehen und sah, wie Ursula die Treppen hinaufstieg. Dort oben wohnte also Beate. Einige der Fenster gehörten zu ihrer Wohnung. Sie wohnte so nah, aber es kam ihm vor, als ob sie am anderen Ende des Universums leben würde.

Er starrte auf die Fenster im sechsten Stock. Schatten huschten vorbei, Lampen wurden ein- und ausgeschaltet, Vorhänge zugezogen. Er versuchte, Ursulas oder Beates Silhouette zu erkennen. Irgendwann gab er auf.

Zu Hause stand Jutta in der Küche und bereitete das Abendbrot zu.

„Wo warst du so lange? Jetzt musste ich selbst den Tisch decken."

„Ich habe eine alte Bekannte getroffen und mich verplaudert. Wie war's bei Grit?"

„Wie immer. Warst du einkaufen?"

„Ach, das habe ich vergessen. Ich gehe morgen."

„Prima. Und wie mache ich jetzt einen Tomatensalat ohne Tomaten?"

Wortlos aßen sie zu Abend. Danach trug Günther das Geschirr in die Küche und stapelte es neben der Spüle. Abwaschen würde er morgen nach dem Mittagessen.

Schweigend saßen sie später vor dem Fernseher, er in seinem Fernsehsessel, sie auf der Couch, und sahen sich die Tagesschau an. Manchmal fragte er sich, wie lange Jutta ihn noch ertragen würde, einen Sechzigjährigen, der nur zu Hause rumsaß. Wenigstens waren seine Vorruhestandsbezüge nicht niedrig. Seine Rente würde auch nicht unerheblich sein. Aber würde sie sich nicht irgendwann schämen, einen Greis an ihrer Seite zu haben?

Er schlug die Fernsehzeitung auf und sah nach, was am Nachmittag bei Hans Meiser gelaufen war: „Mein Vater, der Idiot". Gut, dass er seine Lieblingssendung einmal verpasst hatte.

Das Klassentreffen

Der Wind, der das Kartenhaus meiner Vergangenheit umblasen sollte, erhob sich an einem gewöhnlichen Mittwochmorgen und war anfangs kraftlos wie ein laues Lüftchen. Ich wollte gerade die Wohnung verlassen und zur Uni fahren, als das Telefon klingelte.

„Wie geht's?" fragte mein Vater.

Ohne meine Antwort abzuwarten, fuhr er fort: „Entschuldige, dass ich so früh anrufe, aber gestern abend warst du nicht zu Hause. Ich durfte endlich die Akten einsehen."

Die Akten. Endlich hatte er sie in Händen gehalten. Er erzählte, dass genau die Sachen ans Licht gekommen seien, die er längst erahnt habe, und alles, was er schon immer gerne wissen wollte, sei im Dunkel geblieben. Von Großvaters Akte seien nur einige Blätter aus den sechziger Jahren übrig, die älteren Berichte vernichtet worden. Wir würden nie erfahren, was wirklich in Jena geschehen war. Großvater hatte schließlich nie darüber gesprochen.

„Und du hast nie über Opa gesprochen. Immer nur Andeutungen", entgegnete ich.

Vater schwieg. Ich auch.

Nach ein, zwei Minuten, vielleicht kam es mir nur so lange vor, räusperte er sich und fuhr fort: „Jetzt habe ich es schwarz auf weiß, dass ich wegen Vater kein Abitur machen durfte. Und es waren die Nachbarn, die wir verdächtigt haben. Aus den Einzelheiten lässt es sich deutlich erkennen. Wie oft hat diese Schlange bei uns im Hof gesessen, und er war ständig zur Stelle, um mir im Garten Gesellschaft zu leisten. Ich habe die Klarnamen beantragt, um sicher zu gehen. Aber was nützt uns das?"

Ich schwieg weiter.

„Bestimmt kommst du auch bald dran. Wir haben den Antrag ja zusammen gestellt."

Plötzlich erinnerte ich mich, dass mir Vater irgendwann ein Formular gegeben hatte, damit ich Einsicht in meine Akte beantragte, wenngleich ich bezweifelte, dass eine existierte. Ich hatte es im Einwohnermeldeamt abstempeln lassen und an die Behörde geschickt.

Vater redete und redete, von den Schikanen der Steuerprüfung, den niemals bearbeiteten Telefonanträgen und ähnlichen Dingen. Ich hörte nicht mehr zu.

Die Vergangenheit hatte mich eingeholt. Bis dahin hatte ich geglaubt, dass ich den ersten Teil meines Lebens wie eine alte, abgenutzte Haut abgestreift hatte. Nun erfasste mich dieser Sog aus Angst und Verrat und zog mich in dunkle Gänge hinter der Fassade meines alten Lebens. Er würde mein Bild von meiner Vergangenheit zerstören und vielleicht auch noch mein jetziges Leben verwüsten.

Die Vorahnungen waren harmlos verglichen mit der Wahrheit, die ich wenig später erfuhr. Der Sog der Vergangenheit zog mich viel stärker in die Tiefe, als ich mir jemals hätte träumen lassen. In Sekunden wirbelte er die Karten durcheinander, mit denen ich ein Haus um meine Vergangenheit gebaut hatte, und trug die gefälschten Bilder davon.

Bald erhielt ich den Bescheid, dass meine Akte bereitliege. Da vier Wochen später ein lang geplantes Klassentreffen stattfand, dem ich übrigens von Anfang an mit gemischten Gefühlen entgegengesehen hatte, beschloss ich, ein paar Tage frei zu nehmen, in die Heimat zu fahren und die beiden Dinge miteinander zu verbinden. Keine besonders gute Idee, wie sich herausstellen sollte.

Die Behörde in der einstigen Bezirksstadt saß im alten Gebäude. Man hatte renoviert und den Muff der alten Zeit vertrieben. Weiße, blitzblanke Flure empfingen mich, erhellt von neuen Neonlampen, die nicht flackerten. Steril wie jedes andere Amtsgebäude. Die Bazillen der Vergangenheit waren in Stahlschränken eingeschlossen.

Nach einem kurzen, harmlosen Vorgespräch, das mich trotzdem beunruhigte, weil mein Gegenüber mehr über mein Leben wusste als ich selbst und weil er nach meiner Lektüre weiterhin mehr wissen würde als ich, führte mich der Sachbearbeiter in ein Lesezimmer und ließ mich mit den wenigen Seiten allein.

Nun hatte ich es schwarz auf weiß, dass auch ich in die Mühlen jenes Molochs geraten war. Sippenhaft, fiel mir als erstes ein. Sippenhaft, obwohl ich all die Jahre stillgehalten hatte, um Großvaters Untaten vergessen zu machen.

Großvater galt Anfang der fünfziger Jahre als Gefährdung der antifaschistisch-demokratischen Ordnung und erhielt an einem frühen Morgen im Juni den Bescheid, dass er das Grenzgebiet (unser Dorf lag fünf Kilometer von der Grenze zu Westdeutschland entfernt) noch am selben Tage mit einem Sammeltransport zu verlassen hatte. Keiner verstand, warum Großmutter und mein Vater, ein Kleinkind damals, auf dem Hof bleiben durften, während anderswo ganze Familien abtransportiert und enteignet wurden. Vielleicht lag es daran, dass die Gebäude, das Vieh und die paar Felder Großmutters Bruder gehörten.

Großvaters Werkstatt wurde geschlossen, die drei Gesellen entlassen. Großvater meldete sich nach einigen Tagen aus Jena. Dort arbeitete er als Geselle bei einem anderen Meister. Er durfte das Grenzgebiet nicht mehr betreten. Großmutter und Vater fuhren alle paar Wochen nach Jena. Öfter konnten sie ihn nicht besuchen, weil Großmutter das Vieh ihres Bruder versorgen musste. Schließlich gab er ihr ein Dach über dem Kopf. Außerdem duldete Großvaters Zimmerwirtin in Jena die Besuche nur ungern.

Es kam das Jahr 1953. Irgend etwas war in Jena geschehen. Monate des Schweigens verdecken jenes Jahr. Keine Fotos in den Alben, keine Briefe auf dem Dachboden. Großmutter hat ihr Leben lang geschwiegen. Vater erinnert sich nur an eine glückliche Kindheit auf dem Land.

Ende 1961 kehrte Großvater ins Dorf zurück, eröffnete die Werkstatt wieder, verbrachte seine Tage inmitten altertümlicher Gerätschaften, reparierte die Schuhe seiner wenigen Kunden, rauchte, spielte Klarinette und starb einige Jahre später an Krebs. Ein Jahr später wurde ich geboren. Wie gern hätte ich ihn kennen gelernt.

Vater verließ nach der achten Klasse die Schule. Obwohl er Klassenbester war, bekam er keinen Platz auf der EOS. Aus Trotz verzichtete er auf den Abschluss der zehnten Klasse, ging bei Großvater in die Lehre, erhielt seinen Gesellenbrief kurz vor Großvaters Tod und brachte die Werkstatt wieder in Schwung. Er holte die zehnte Klasse auf der Volkshochschule nach, machte seinen Meister und expandierte. Er hatte sich mit seinem Handwerkerdasein abgefunden und war am Ende sogar froh, nicht studiert zu haben. Lediglich am Stammtisch sprach er von seiner Unzufriedenheit, von der Steuerschraube, die ihn in die Knie zwingen sollte, von dem Land, das ihm laut Grundbuch gehörte, das er aber an die LPG verpachten musste, von dem Kuhstall, der auf seinem Land stand, ohne dass man ihn gefragt hatte. Sein Gerede führte vielleicht nach all den Jahren dazu, Berichte über uns zu schreiben.

Ich schlug die Akte auf. Der erste Bericht wurde verfasst, als ich sechzehn war, kurz bevor ich auf die EOS wechselte. Ein Lehrer gab meine herausragenden schulische Leistungen zu Protokoll, hatte jedoch Bedenken, dass ich durch meine gesellschaftliche Inaktivität, die bisher in meiner Zugehörigkeit zu Pionierorganisation und FDJ für mich folgenlos geblieben sei, anderen ein Beispiel dafür liefere, dass Passivität und Abseitshalten nicht immer bestraft würden. Den Lehrern gegenüber sei ich stets höflich und entgegenkommend, über politische Ereignisse ausreichend informiert und allen wichtigen Veranstaltungen nicht ferngeblieben. Ins Kollektiv habe ich mich eingepasst. Er schrieb weiter, dass ich keine Freunde in der Schule habe und sofort nach dem Ende des Unterrichts nach Hause eile, da ich nicht an der Schulspeisung teilnehme, sondern Großmutters Essen bevorzuge. Über meinen Umgang könne er deshalb nichts sagen. Zum Schluss hatte er nichts dagegen einzuwenden, dass ich Abitur mache.

Aus derselben Zeit stammte der nächste Bericht in der Mappe. Er beschäftigte sich mit mir und einer geschwärzten Person, meinem Vater. Die alte Leier von seiner verpatzten Schulkarriere, dass man ihm den Weg versperrt hätte, weil er weder Arbeiter- noch Bauernkind war, dass Leistung nicht zähle, vielleicht hätte er es geschafft, wenn er in der FDJ gewesen wäre. Wie stolz er auf seine intelligente Tochter sei, die schaffen würde, was er nicht geschafft hatte. Dort stand, dass mir Unzufriedenheit und Schweigen anerzogen worden seien, dass ich ehrgeizig und so gierig wie mein Vater sei, dass ich genau wie mein Vater die gesellschaftlichen Strukturen geschickt für die eigenen, persönlichen Ziele nutzen würde.

Trotzdem war ich zur EOS gegangen, ihnen aber nicht entkommen. Drei Berichte aus der zwölften Klasse lagen in der Akte.

Seit langer Zeit glaubte zu ich wissen, wer sie geschrieben haben könnte. Alle hegten einen gewissen Verdacht. Olaf schrieb eine Vier nach der anderen, ließ sich die Hausaufgaben von seiner Freundin machen, konnte die Mathematikaufgaben dann an der Tafel nicht nachrechnen, gab Hausarbeiten zu spät ab, fehlte im FDJ-Studienjahr, und nie passierte etwas. Vielleicht schwebte sein Vater, der Volkskammerabgeordnete, wie ein Schutzengel über ihm. Vielleicht war es mehr. Ihm hatte ich es zugetraut. Wegen ihm wollte ich erst nicht zum Klassentreffen fahren. Jetzt wünschte ich, nicht vor dem Klassentreffen in die Akte zu schauen. Andererseits wollte ich unbedingt vor der Begegnung mit Olaf Gewissheit haben.

Ich las den ersten Bericht. Er befasste sich mit der Wandzeitung. Es war das einzige Mal, dass ich an der EOS auffiel. Olaf, Daniel, Kerstin, Markus und ich stellten die alljährliche Wandzeitung zum Republikgeburtstag zusammen, das übliche Gesülze über die Höchstleistungen unserer Werktätigen zum

Jubiläum der Republik. Wir saßen in einer Runde um zwei aneinander geschobene Schulbänke. Daniel schnitt Artikel über die Getreideernte aus und warf plötzlich das Schlagwort von der fehlenden Objektivität unserer Presse in die Runde. Ich weiß nicht, warum ich mich an jenem Tag nicht beherrschte und vom „Schönfärben" und „Vertuschen" redete. Ein Wort gab das andere. Fehlende Unabhängigkeit der Presse, kritikloser Abdruck der Parteidokumente, seitenlange Sitzungsprotokolle, endlose Lobeshymnen auf die Arbeiterklasse. So stand es im Bericht.

Der Bericht ließ jedes Detail, die ich mit Absicht unter dem grauen Schleier des Vergessens versteckt hatte, in meiner Erinnerung wieder aufleben.

Daniel heizte die Diskussion an, als er über die ewig wahre Meinung der Partei spottete. Ich ergänzte, dass die Partei noch nie einen Fehler zugegeben, sondern immer stur auf ihrer, der einzig wahren Meinung beharrt habe. Wir schmissen uns gegenseitig wohlbekannte, aber selten ausgesprochene Wahrheiten über unsere Presse, das Organ der Partei, an den Kopf.

Olaf schwieg und beobachtete, wie wir unsere Argumente austauschten. Im selben Augenblick überkam mich ein ungutes Gefühl. Ich sollte mich nicht irren.

Drei Tage später kam der Parteisekretär in die Klasse. Er brachte uns fünf in das Büro des Schuldirektors. Ein eigens herbeigeeilter Genosse von der Bezirksleitung hielt uns eine Predigt über die sozialistische Presse, widerlegte die Lügen, die wir irgendwo aufgeschnappt und kritiklos geglaubt hätten, und bewies uns, dass die Meinung der Partei immer richtig und wahr wäre. Wir hätten im Geschichtsunterricht gelernt, dass die Partei ihren Kurs korrigiert hätte, wenn es notwendig gewesen war. Der Direktor war enttäuscht. Er sei erschüttert über unsere Unreife. Wir sollten uns bewusst sein, dass wir für ein Studium eine positive politisch-ideologische Einstellung zu unserem Staat, zur Arbeiterklasse und ihrer Partei benötigten, damit wir mit dem erworbenen Wissen überhaupt dem Wohle aller Werktätigen dienen könnten.

Danach traten wir vor die Klasse, entschuldigten uns und sagten unseren Spruch auf, dass die sozialistische Presse immer aufrichtig und objektiv sei. Wir taten es alle fünf, aus Angst, von der Schule zu fliegen. Der Traum von der Uni wäre ausgeträumt gewesen, bloß weil ich einmal nicht geschwiegen hatte. Diesen Preis wollte ich nicht zahlen. Die anderen anscheinend auch nicht.

All die Jahre hatte ich geglaubt, dass Olaf die Sache weitergetragen hätte. Monatelang machte ich mir Vorwürfe, in seiner Anwesenheit den Mund aufgerissen zu haben. Aber selbst wenn ich nichts gesagt hätte, wäre ich wohl dran gewesen. Mitgegangen, mitgehangen. Das Verlassen des Raumes wäre mir als fehlender Klassenstandpunkt zur Last gelegt worden, mein Schweigen so oder so als Zustimmung ausgelegt worden.

Als ich nun den Bericht las, stockte ich.

Hauptbeteiligte an der Diskussion waren ..., der Initiator, ... und Kühn, während ... sich aufgrund seines Elternhauses zurückhielt, aber auch nicht positiv in die Diskussion eingriff. Ich selbst versuchte, K. von weiteren Äußerungen abzuhalten, jedoch ohne Erfolg, obwohl sie sonst negative Meinungen nicht öffentlich ausspricht ...

Der Blitz schlug ein. Die Karten fielen in sich zusammen. Der Sturm fegte sie zu einem kläglichen Häufchen auf dem Tisch zusammen. Ich warf sie in den Papierkorb der Vergangenheit. Ich entsann mich, dass Markus meine Hand unter dem Tisch losgelassen hatte, nachdem die ersten kritischen Worte gefallen waren, dass er mir ständig gegen das Bein trat. Ich konnte es nicht glauben.

Ich nahm den zweiten Bericht und fand meinen Verdacht bestätigt. Von Mutters Westreise hatte ich nur einem aus der Klasse erzählt. Markus, der in jener Woche jeden Tag mit aufs Dorf fuhr und durch Garten und Hintertür in mein Kinderzimmer schlich.

Das Kartenhaus meiner Erinnerung war im Sturmwind zusammengebrochen, und auf dem Tisch lag ein einfaches und klares Bild der merkwürdigsten und schmerzhaftesten Beziehung meines Lebens. Es hatte die Klarheit und Tiefe, die ich seit Jahren suchte und unbewusst nicht hatte entdecken wollen. Ein Jahrzehnt später erfuhr ich, dass der Abgrund tiefer war, als ich geglaubt hatte.

Nie waren wir offiziell ein Paar. In der Schule ignorierten wir einander. In meiner Erinnerung war er der ideale Liebhaber. Seinem Bild jagte ich jahrelang hinterher. Seine Vollkommenheit im Bett war so unwirklich, etwas, das ich nie erwartet hätte, ganz anders als die Spiele mit Gleichaltrigen, die mal hier, mal da anfassten, ungeschickt und ängstlich, anders als die unbeholfenen Begegnungen, die einen schalen Nachgeschmack hinterließen.

Er war der hübscheste Junge der Klasse, heißbegehrt und unerreichbar. Alle Mädchen himmelten ihn an. Manchmal bedauerte ich, dass ich nicht verkünden durfte, dass ich jenen Wettlauf gewonnen hatte. Ich glaube, dass unsere heimliche Beziehung mit der Zeit in der ganzen Schule bekannt war. Trotzdem zeigte er sich nie mit mir.

Damals dachte ich, dass er sich meiner schäme. Ich hielt mich für naiv und oberflächlich, weit entfernt davon, seinen Ansprüchen zu genügen, und redete mir ein, nicht ebenbürtig zu sein. Oft glaubte ich, dass er meine Herkunft, mein schlichtes Denken verachtete, dass er, der Sohn eines Schuldirektors und der Kreisschulrätin, sich nicht mit einer blamieren wollte, die sich hinter Physikbüchern verkroch und zu anderen Dingen keine Meinung hatte.

In der Schule hielt ich mich in sämtlichen Äußerungen zurück und tat immer nur so viel, dass ich den Anforderungen gerade genügte. Ich hüllte mich in Schweigen, wie es mir Vater empfohlen hatte, schwamm im Strom mit und fiel weder durch zu wenig noch zu viel Eifer auf. Einzig in den unverdächtigen Naturwissenschaften glänzte ich. Viele hielten mein Schweigen für geistige Leere. Ich konnte damit leben, nie eine Meinung zu haben, und falls eine gefragt wurde, schnell die offizielle daherzubeten. Ich hatte meine Ruhe und war trotzdem auf dem Wege zur Universität.

Die Beziehung war mir als rein sexuelle in Erinnerung geblieben. Das wollte und konnte ich all die Jahre nicht vergessen. Nun fiel mir wieder ein, wie oft ich mit ihm geredet hatte. Schmerzlich wurde mir bewusst, dass ich zu dem Verräter so viel Vertrauen gefasst hatte, dass ich von Dingen sprach, die ich sonst beschwiegen hatte. Er hatte mich sogar zu jener Öffnung bewegt, mich aufgefordert, nicht alles zu schlucken.

Alles, was ich nicht mehr länger schluckte, fand ich im dritten Bericht. Meine Unsicherheit im Umgang mit dem System, meine Angst vor Diskussionen im FDJ-Studienjahr, vor Argumentationswettstreiten, mein Grauen vor der FDJ-Arbeit, dass die FDJ-Arbeit für mich ein Übel sei, das ich in Kauf nahm, um vorwärts zu kommen, um meinen Platz als vergessene, in sich versunkene Wissenschaftlerin im stillen Kämmerlein zu finden, dass ich manchmal Schwierigkeiten hatte, mich in FDJ-Versammlungen zu äußern, da ich vergessen hatte, welche Meinung die gewünschte sei.

Von Großvater habe ich ihm nie erzählt. Dennoch war ihm mein Interesse am 17. Juni aufgefallen. Er hatte berichtet, dass ich „Fünf Tage im Juni" gelesen habe, dass ich ihm das Buch leihen wolle. Er hatte es nicht angenommen. Vergeblich hatte er versucht herauszubekommen, von wem ich das Buch hatte.

In gewisser Weise hatte er mir sogar Gutes getan. Da stand, dass ich meinen Weg im Privaten suchen würde, auf der Suche nach einem Mann. Es war doppelt bitter zu lesen, dass er voraussah, dass ich mein Leben lang dem Mann nachrennen würde, der mein Dasein ausmachen sollte, und gleichzeitig, zehn Jahre später, zu begreifen, dass die Suche nach dem idealen Liebhaber gescheitert war. Meine letzten beiden Freunde haben mich verlassen, weil ich angeblich frigide sei.

Ja, er hatte mir Gutes getan. Er hatte berichtet, dass ich möglichst Distanz zur Gesellschaft bewahren wollte, alles Gesellschaftliche mir zwar zuwider sei, ich gleichwohl keine Alternative sähe, dass ich mich mit jenem Leben, mit jenem Staat abgefunden habe.

Vielleicht hat er mir das Studium erst ermöglicht, obwohl ich mir bereits ein Fach ausgesucht hatte, das abseits lag. Zu abstrakt, um Schaden anzurichten, zu nutzlos, um Karriere zu machen, zu isolierend, um Einfluss auf andere zu gewinnen. Meine Leidenschaft war, Formeln aufzustellen. Mit imaginären Operationen in abstrakten Räumen würde man die Gesellschaft nicht verändern.

Ich suchte bereits Entschuldigungen, bevor ich überhaupt zu Ende gelesen hatte, wollte ihn in einem besseren Licht sehen, als in dem, in dem er nun stand, einen Ausweg suchen, das Bild meiner Vergangenheit heilen. Wie schwach wurde ich, nachdem mich sein Schatten wieder eingeholt hatte. Was fiel mir nicht alles ein, um das klare Bild unserer Beziehung in der Akte vor mir abermals durch das verschwommene, verklärte Bild zu ersetzen, das ich zehn Jahre in mir getragen hatte.

Unsere Beziehung änderte sich in der Prüfungszeit. Ohne dass ein Wort über das baldige Ende der Schulzeit gefallen war, gingen wir auseinander und sahen uns nie wieder. Er ging zur NVA, ich nach Leipzig. Nach der Armeezeit hatte er einen Studienplatz in Magdeburg. Niemals hatten wir über die Zukunft gesprochen, wenigstens nicht über eine gemeinsame.

Das Nachgespräch überstand ich mit allgemeinen Phrasen. Geschickt verbarg ich, wie tief die Akte mein Weltbild wirklich erschüttert hatte. Ich log, dass ich genau das gefunden hatte, was ich erwartet hatte: Lehrer, Nachbar, Mitschüler. Auf Kopien und Klarnamen verzichtete ich.

Lange saß ich im Auto, bevor ich den Motor anließ. Unterwegs wollte ich einige Male umkehren. Ich fürchtete, dass ich nicht die Kraft hatte, ihm in die Augen zu schauen. Sie wissen bestimmt, wie das ist, wenn man eine Niederlage erleidet. Man

braucht all seine Kräfte, um das Zittern zu verbergen. Man verkrampft die Gesichtsmuskeln, um die Hilflosigkeit zu überspielen. Und dann genügen eine unscheinbare Geste, ein kurzer Blick, und man bricht in unkontrollierbares Schluchzen aus und das Gesicht ertrinkt im Tränenstrom. Davor hatte ich Angst.

Auf einem Parkplatz im dunklen Wald hielt ich an.

Es war schon spät. Zu spät, nach Hause zu fahren. Also fuhr ich weiter. Der Abend im Hotel war lang. Ich saß auf dem Bett, zappte durch die Kanäle, dachte an ihn und wusste nicht, was ich fühlen sollte.

Ich fühlte keinen Hass, Enttäuschung ja, Wut, weil er Dinge über mich denen erzählt hatte, weil er meinen sauberen Lebenslauf beschmutzt hatte. Das Bild, das ich mir von meiner Vergangenheit gemalt hatte, war von Säure zerfressen.

Ich plünderte die Minibar. Irgendwann schlief ich ein und erwachte erst gegen Mittag.

Unsere Klasse traf sich am Sonnabendnachmittag vor der Schule. Markus und Olaf fehlten. Ich atmete auf.

Wir posierten für ein Gruppenfoto, betraten anschließend das Gebäude und gingen durch die Räume. Hier hatte sich gleichfalls die ostdeutsche Renovierungswut ausgetobt. Die alten, dunklen, öligen Holzdielen herausgerissen, durch helles Parkett ersetzt, die Wände makellos weiß gestrichen, die Bäume vor den Fenstern gestutzt, so dass viel Licht in die ehemals dunklen Räume fiel. Neues Mobiliar stand in unserem alten Klassenraum. Alles erschien mir so fremd, als ob dies nie zu meinem Leben gehört hätte.

Ich steuerte auf meinen Platz zu. Alle nahmen die Sitzordnung von einst ein. Der Platz hinter mir blieb leer. Von dort aus hatte er mir mit dem Lineal in den Rücken gestoßen und mir seine Briefchen übergeben, Einladungen zu Verabredungen an Orten, die weit entfernt von den Plätzen lagen, an denen unsere Schulkameraden verkehrten.

Wir hörten unserem Physiklehrer zu, für mich eine unverdächtige, integere Person, eben Naturwissenschaftler. Unser einstiger Klassenlehrer, damals Lehrer für Geschichte und Staatsbürgerkunde, jetzt für Geschichte und Ethik, war nicht gekommen, obwohl er weiterhin Lehrer an dieser Schule war.

Ich wollte ihn nicht sehen, denn er hatte letztendlich dafür gesorgt, dass ich eine schlechtere Abiturnote erhielt, als ich mir erhofft hatte. Ich kann mich an die Szene in den ersten Wochen an der EOS gut erinnern. Ich sollte einen Vortrag halten, welchen Beitrag man als Schüler und künftiger Student zur Sicherung des Friedens und zur Stärkung des Sozialismus leisten könne. Ich erzählte das übliche, hundertmal zuvor aufgesagte: ausgezeichnete Leistungen in Schule und Studium, pünktliches und ordentliches Erledigen der Hausaufgaben, unermüdliche FDJ-Arbeit, intensives Studium der Werke von Marx und Lenin im FDJ-Studienjahr, Übererfüllung des Planes am zukünftigen Arbeitsplatz. Am Ende sagte er, dass ich inhaltlich eine Eins verdient hätte, aber dass die Art meines Vortrages nur eine Drei zuließe, da ich das ganze so vorgetragen hätte, als ob es mich nichts anginge, schlimmer noch, als ob ich nicht davon überzeugt wäre.

Ich ärgerte mich über seine Benotung und fand sie ungerechtfertigt, denn die anderen droschen dieselben Phrasen. Meine Abneigung verstärkte sich am Ende der zwölften Klasse, als er meine Noten in Geschichte und Staatsbürgerkunde wegen mangelnder Mitarbeit in seinen Stunden und undurchsichtiger Einstellung herabsetzte. Schriftlich war ich unanfechtbar gewesen, aber er ließ nicht zu, dass ich die Noten in den mündlichen Abiturprüfungen verbesserte. Womöglich hätte ich in der Prüfung das gleiche Fiasko erleben müssen wie bei meinem Vortrag im Staatsbürgerkundeunterricht.

Alles hatte ich Markus erzählt. Als es mir wieder in den Sinn kam, fiel mir auf, dass mein Hass auf meinen Klassenlehrer in der Akte fehlte. Versuchte ich erneut, ihn besser zu

machen, als er war? Oder hatte ich die Akte nicht gründlich genug gelesen?

Nach dem Bericht über unsere Schule in der heutigen Zeit gingen wir auf den Schulhof. Daniel war plötzlich an meiner Seite und sagte, dass unser Chemielehrer wegen seiner Verstrickungen entlassen worden sei, und dass er die Gründe für Olafs Nichterscheinen kenne.

Im Innern widersprach ich ihm. Es war nicht Olaf gewesen, oder?

Ich schwieg statt nachzufragen. Daniel sprach an jenem Tag auch nicht mehr davon.

Wir gingen die Straße hinunter, in ein Lokal, das es früher nicht gegeben hatte.

Rund um den Tisch erhob sich ein einziges Klagen über die neuen, härteren Zeiten. Viele hatten nach langen Verzögerungen und teilweise erzwungenen Studienwechseln ihr Studium gerade erst beendet und standen auf unsicheren Beinen. Zwei waren arbeitslos, hatten Kinder und steckten in finanziellen Schwierigkeiten.

Ich hatte die klügste Wendeentscheidung getroffen, denn ich war noch vor der Wiedervereinigung an eine Westuni gegangen, um nicht mit ansehen zu müssen, dass dieselben Gesichter wieder oder immer noch oben waren. Trotz aller Widrigkeiten mit neuen Studienordnungen, nicht anerkannten Ost-Scheinen und unbekannten Prüfungsordnungen hatte ich das Studium in der Regelstudienzeit beendet, in nur zwei Jahren promoviert und war fast fertig mit der Habilitation. Manche beneideten mich.

Nach einer Stunde stand plötzlich Markus in der Tür. Mitten im Satz verstummte ich. Er entschuldigte sich. Sein Auto hätte eine Panne gehabt. Dann umrundete er den Tisch und begrüßte alle. Ich ließ ihn nicht aus den Augen. Er hatte sich kaum verändert. Mit 18 hatte er wie 21 ausgesehen. Mit 29 sah er immer noch wie 21 aus. Die gleichen braunen Locken, nicht mehr ganz so lang wie früher, fielen ihm ins Gesicht. Die blauen Augen hinter der Brille sahen oft zu mir herüber, während er mit jedem ein paar Worte wechselte. Er gab mir als letzte die Hand und setzte sich neben mich.

Für den Rest des Nachmittags und des Abends waren die Leute um uns verschwunden. Anfangs tasteten wir uns langsam vor, stockten, verschluckten Worte, dann erreichten wir sicheren Grund.

Er hatte wie geplant Medizin studiert und befand sich in der Facharztausbildung in Magdeburg. Wir redeten viel über die Veränderungen im Osten, seine Unzufriedenheit mit dem neuen System. Wir im Westen würden ja sowenig davon mitbekommen. Er verkraftete nicht, in der zweiten Reihe zu stehen, zurechtgewiesen von Vorgesetzten aus dem Westen. Jeder würde gegen jeden kämpfen und seine Karriere vorantreiben. Die Eiseskälte mache ihn kaputt. Das alte Gefühl der Solidarität, dass wir alle in einem Boot säßen, sei mit der Wende verschwunden. Vergessen war, dass Leute wie er und seine Eltern eher auf den besseren Plätzen im Boot gesessen hatten.

Die Rollen waren vertauscht. Nun hatte er Schwierigkeiten und war Außenseiter, wenn auch einer unter vielen, derweil ich integriert war. Nicht dass ich eine Lanze für die Marktwirtschaft gebrochen hätte, aber ich zeigte mich zufrieden mit dem, was ich erreicht hatte, erzählte, dass meine Eltern weggezogen waren und ihr Geschäft im Westen noch einmal aufgebaut hatten.

Obwohl wir endlos über unser altes Land sprachen, wagte ich nicht, ihn zu fragen. Ich beobachtete seine Gesten, wog jedes seiner Worte genau ab. Meinen forschenden Blicken hielt er stand. Wusste er, dass ich wusste? Wollte er die Vergangenheit mit seiner Gesprächigkeit, mit seinem unschuldigen Verhalten übertünchen? Oder hatte er es einfach vergessen, so wie ich vieles in die hintersten Verliese meiner Erinnerung verbannt hatte? Hatte er keine Angst vor meiner Frage?

Er saß an meiner Seite und redete, als ob nicht zehn Jahre des Schweigens vergangen wären, als ob wir uns erst gestern als gute Freunde auseinander gegangen wären. Er tat wirklich so, als ob nichts gewesen wäre. Ich lächelte. Innerlich zitterte ich.

Plötzlich schob uns irgendjemand das Gruppenbuch hin. Wir blätterten darin und stießen auf ein Foto von der Abschlussfahrt. Wir standen nebeneinander in der letzten Reihe und hielten Händchen hinter den Rücken unsere Mitschüler, wie immer heimlich und versteckt.

Er sah auf, schaute mich an, und ich sah, dass er sich daran erinnerte. In seinen Augen war jenes Leuchten, dass mich schon einmal verzaubert hatte. Sein Blick war tief und klar. Ohne schlechtes Gewissen.

Ich glaube, ich verbarg nicht, dass er mich noch immer verzauberte. Und er schien erneut Gefallen an mir gefunden zu haben. Von jenem Augenblick an gab es wieder jenes wortlose Einverständnis zwischen uns, so wie seinerzeit von einem Tag auf den anderen.

Nach und nach gingen die Leute. Plötzlich erhoben wir uns ohne Absprache gleichzeitig und verabschiedeten uns gemeinsam von jedem der Übriggebliebenen. Draußen legte er den Arm um mich. Schweigend gingen wir zum Hotel. Zu spät begriff ich meine Entscheidung, das Übernachtungsangebot einer Mitschülerin abzulehnen und mir stattdessen ein Hotelzimmer zu suchen. Ich hatte insgeheim gehofft, ihn zu treffen, und die Hoffnung geschickt vor mir verborgen. Selbst die Wahrheit, die ich am Tag zuvor erfahren hatte, hielt mich nicht davon ab.

Kaum hatte ich die Tür geschlossen, zog er mich an sich und küsste mich. Ich leistete keinen Widerstand. Mein Mund konnte gar nicht schnell genug dem seinen entgegenkommen.

Zuerst versuchte ich, ihm weh zu tun, Genugtuung zu finden. Ich biss in die Schulter und riss mit meinen Fingernägeln seinen Rücken auf. All das steigerte lediglich unsere Lust. Es war besser als alles, was wir vor über zehn Jahren miteinander erlebt hatten. Es war das beste, was mir überhaupt in meinem Leben passiert ist.

Nach der Schlacht schlief er neben mir ein. Ich lag die ganze Nacht wach. Im schwachen Licht der Straßenlaterne vor dem Fenster betrachtete ich seinen makellosen Körper, der unverändert der Knabenkörper von damals war. Ich konnte keinen Hass empfinden. Im Gegenteil. Mein Körper begann, sich erneut in den Körper des Verräters zu verlieben. Meinem Verstand schaffte es nicht, die neu erwachten, alten Gefühle zu unterdrücken. Ich fühlte mich so schuldig. Ich verriet mich selbst.

Im Morgengrauen stand ich auf, stahl mich davon und raste gen Westen, um Vergessen zu finden.

Die Geschichte hatte ein Nachspiel. Beim Klassentreffen hatte ich Adresse und Telefonnummer in eine Liste eingetragen, die nach mehreren Monaten verteilt wurde und auch in meinem Briefkasten landete. Kurz danach rief er mich an, wollte sich mit mir treffen. Ich legte auf, wollte meine Niederlage vergessen. Er versuchte es weiter. Ich lebte in ständiger Angst, dass er eines Tages vor der Tür stehen könnte.

Nachts wälzte ich mich im Bett von einer Seite auf die andere und wartete auf das Klingeln des Telefons. Manchmal glaubte ich, ihn auf der anderen Straßenseite zu sehen, verdächtigte ihn, mein Leben erneut auszuspionieren.

Dann erreichte mich der Ruf an diese Uni. Ich hoffe, meine Spuren für immer verwischt zu haben.

Mittwochnachmittag II

Juttas Absätze klapperten über den Bahnsteig. Sie schwang ihre Tasche zwischen die sich schließenden Türen der U-Bahn. Die Türen hielten inne und öffneten sich wieder.

Jutta sank auf einen Sitz. Kurz vor zwei hatte ihr Chef noch einen Stapel Rechnungen auf ihrem Schreibtisch abgeladen, obwohl er wusste, dass sie mittwochs früher ging. Sie wollte auf keinen Fall zu spät kommen. Zwei Wochen hatte sie ihn nicht gesehen. Letzten Mittwoch war sie bei Grit gewesen.

„Wenn du mich als Alibi benutzt, möchte ich, dass du ab und zu auch wirklich kommst", hatte sie gesagt. Wie sollte sich Jutta der Erpressung widersetzen? Sie hatte Angst, dass Günther alles erfahren würde. So besuchte sie Grit einmal im Monat. Sie tranken Kaffee und schwatzten über Grits Studenten, ihre Reisen, die fortschreitende Einrichtung ihrer Wohnung und, wenn diese Themen ausgeschöpft waren, über den letzten Film im Fernsehen. Niemals sprachen sie über die Vergangenheit, über die Dörfer, aus denen sie stammten und in die sie nicht zurückkehren wollten, über die Familie, die sich in alle Himmelsrichtungen zerstreut hatte, oder über die gemeinsamen Bekannten, die sie einst hatten und heute vergessen wollten. Jutta hatte es einige Male versucht. Grit lenkte immer ab. Wenn Jutta die Vergangenheit erwähnte, sprach Grit über die Erfolge der neuen Firma ihres Vaters.

Jutta lauschte den Monologen und nickte von Zeit zu Zeit. Sie hatte nicht Grits Geschmack, hatte nicht so viele Länder bereist hatte, hatte nicht studiert. Nur beim Fernsehprogramm konnte sie mitreden. Niemals sprach Grit von der Vergangenheit, und niemals sprach sie von Männern. Deshalb wollte sie auch nichts von Daniel hören, obwohl Jutta gern mit jemandem über ihn gesprochen hätte. Jeder Besuch verdross Jutta noch mehr. Grit stahl ihr die wichtigsten Stunden der Woche. Sie ballte ihre Hände zu Fäusten. Ihre Gesichtsmuskeln verkrampften sich, wenn sie die Erpresserin anlächelte. Sie schluckte Grits Erzählungen wie bittere Pillen.

Jutta verscheuchte ihre Wut und dachte an Daniel. Er hatte am Mittwochnachmittag frei. Es war der einzige Nachmittag, an dem sie sich treffen konnten, ohne sich in Lügen zu verstricken.

Seit fünf Monaten trafen sie sich. Jutta kannte ihn aber schon eine Ewigkeit. Oft hatte er in der Sparkasse ihre Formulare entgegengenommen, sie höflich angelächelt und ihr nicht mehr Aufmerksamkeit gewidmet als anderen Kundinnen. Selten hatten sie ein paar Worte gewechselt, und wenn, dann meist über das Wetter. Er war ihr gleich aufgefallen. Seine dunklen Augen strahlten, machten ihn menschlicher, unterschieden ihn von den anderen an den benachbarten Schaltern. Seine Stimme klang wohl in ihren Ohren, wenn er sie begrüßte und mit ihr über das Wetter sprach.

Sie hatte oft an ihn gedacht, mehr so nebenbei, ein freudiger, wärmender Moment, wenn der Tag grau und die Stimmung im Büro trüb war. Niemals wäre ihr eingefallen, sich ihm zu nähern. Sie war verheiratet und außerdem mindestens zehn Jahre älter als er. Sie genoss die Gedanken an ihn, so wie man schöne Bilder für eine Weile betrachtet, verdrängte sie jedoch, bevor sie sich in ihr Gedächtnis einprägten und Überdruss erzeugten. Sein Anblick berührte nicht ihr Herz, bis sie eines Nachts von ihm träumte. Sie stand draußen in der Dunkelheit und sah durchs Fenster in ein Büro. Er saß am Schreibtisch, kontrollierte Rechnungen, tippte Zahlenkolonnen in eine Tischrechenmaschine. Erstaunt stellte sie fest, dass er an ihrem Arbeitsplatz saß. Plötzlich ging sie durch die Wand hinein. Sie schwebte wie in all ihren Träumen wenige Zentimeter über dem Boden, eine leichte, unwirkliche Bewegung. Er sah auf, als ihr Schatten auf den Schreibtisch fiel. Seine Augen sahen in ihr Herz. In der nächsten Sekunde lag sie in seinen Armen und fühlte sich so wohl wie seit langem nicht mehr.

Jutta stand auf und ging in Richtung Innenstadt. Immer wenn das Schicksal ihr mitspielte, kaufte sie sich irgend etwas, ein Kleid, eine Kette, ein Parfüm. Sie brauchte Trost, Balsam für ihre verletzte Seele. Sie tat das erst, seit sie im Westen lebte.

Sie dachte an Daniel, sah, wie er hinter dem Schalter gestanden hatte, seine dunklen Augen fest auf sie gerichtet, wie er ihre Hand gehalten und sie in seinen Augen gelesen hatte, dass er auch von ihr geträumt hatte. In jenem Augenblick hatte sie gefühlt, dass sie nach einer langen Irrfahrt, nach einer ergebnislosen Suche in der Heimat angekommen war. Natürlich hatte es sie geschmeichelt, dass er viel jünger war.

Immer hatte sie ihn mit Günther verglichen. Immer hatte Daniel gewonnen. Das Alter, das Auftreten, der andere Lebenshintergrund. Langsam, aber beständig war die Farbe von Günthers Bild abgeblättert, dem Bild eines Mannes, der einst mächtig war und heute ohnmächtig. Er kam ihr jetzt kleinkariert vor, in seiner festumrissenen Welt, in der er über alles Bescheid wusste, mit seinem Wissen auftrumpfte, keinen Widerspruch duldete und nichts wissen wollte über Dinge, die außerhalb seiner Vorstellung lagen.

Daniel kannte wirklich die Welt. Es gab viele Länder, die Jutta bereisen wollte; er war in vielen gewesen: England, Spanien, Italien, Griechenland, Kalifornien, sogar in China. London, Paris, Rom, ihr unbekannte Städte. Nur über Prag konnten sie ihre Erinnerungen austauschen.

Früher waren Günther und Jutta jedes Jahr in die Hohe Tatra oder an den Balaton gefahren. Das taten sie weiterhin, obwohl ihnen heute die ganze Welt offen stand. Günther meinte, dass Erholung nicht zu teuer sein sollte, und der Balaton war nun spottbillig, im Gegensatz zu früher, als Günther, der Chefingenieur, den anderen zeigte, was sie sich nicht leisten konnten. Mit zunehmenden Alter wollte er ungern an Orte, die er nicht kannte. Die Wiederholung reizte ihn. Er war sauer, als sie letztes Jahr nicht im gewohnten Bungalow wohnen konnten und sein Lieblingsgericht in seinem Stammrestaurant nicht mehr auf der Karte stand.

Mit Daniel hätte Jutta überallhin reisen können. Pläne hatten sie gemacht. Einmal waren sie nach Maastricht gefahren, damit sie ihren Fuß einmal auf holländischen Boden setzte. Paris und London waren vier Stunden entfernt, doch Günther tat, als ob die Mauer nie gefallen wäre. Wenigstens träumen wollte sie von den Städten, die für sie unerreichbar waren. Stundenlang ging sie mit Daniel durch Paris, wenn sie in seinem Bett lagen. Das war nun vorbei, ausgeträumt.

Jutta ging durch die Einkaufspassage und betrachtete die Schaufenster. Vor einem Café überlegte sie, ob sie einen Cappuccino trinken solle. Schließlich trat sie ein, schaute sich nach einem freien Tisch um und erschrak, als sie Günther erblickte.

Er saß links von ihr, sein Seitenprofil ihr zugewandt, und redete auf eine Frau mit einer roten Mähne ein. Jutta ging nach rechts und setzte sich an einen Tisch, dem Günther den Rücken zukehrte. Sie nahm eine Zeitung vom Nachbartisch, schlug sie auf und lugte hinter der Zeitung hervor, hinüber zu Günther, während ihr Herz raste.

Die Kellnerin kam. Jutta bestellte einen Cappuccino.

An diesem Tag ging alles schief. Erst verschwand Daniel aus ihrem Leben, und nun sah sie Günther mit einer anderen Frau. Mit ihr ging er nie in ein Café, weil Kaffeetrinken zu Hause billiger war. Der jungen Frau hatte er sogar einen Eisbecher bestellt. Sie schien um die dreißig zu sein. Sie trug ein Kostüm in edlem Grau. Der Rock bedeckte kaum die Oberschenkel.

Die Rothaarige lachte mehrmals so laut, dass es bis zu Jutta drang. Sie konnte sich nicht vorstellen, dass Günther so witzig war. Ab und an tätschelte er die Hand der jungen Frau und redete besonders eindringlich auf sie ein. Die andere löffelte ihren Eisbecher aus und hörte ihm aufmerksam zu.

Jutta konnte nicht glauben, dass Günther ebenfalls seinen Mittwochnachmittag hatte. Vor Wochen war er einmal später als sie nach Hause gekommen. Sonst war er immer zu Hause gewesen, wenn sie kam. Nie hätte sie gedacht, dass er sich mit einer anderen Frau treffen würde, dazu noch mit einer, die jünger als Jutta war. Fand er sie etwa zu alt?

Der Cappuccino wurde kalt. Sie rührte ihn nicht an.

Günther zahlte. Die beiden verließen das Café. Jutta legte ein Fünfmarkstück auf den Tisch und folgte dem Paar. Sie sah, wie er die Schultern der anderen umfasste und sie vor sich herschob, bevor die beiden im Gedränge verschwanden.

Wie sie nach Hause gekommen war, wusste sie nicht. Wahrscheinlich hatte sie sich automatisch in die Bahn gesetzt, war an der richtigen Haltestelle ausgestiegen, die Straße entlanggelaufen, die Treppe heraufgestiegen und erst wieder zu Bewusstsein gekommen, als sie tränenüberströmt, mit zitternden Händen versuchte, den Schlüssel ins Schlüsselloch zu stecken und immer wieder abrutschte.

Sie ging ins Bad und wusch sich das Gesicht. Dann setzte sie sich im Wohnzimmer in Günthers Sessel und schaltete den Fernseher an.

Sie merkte nicht, dass Fußball lief. Erst als Günther neben ihr stand und fragte: „Seit wann interessierst du dich für Fußball?", schreckte sie auf und schaute auf den Bildschirm.

„Ich wollte mal abschalten," sagte sie erstaunlich gefasst.

Günther verschwand in der Küche und bereitete das Abendessen zu. Sie schaltete um.

„Warum bist du denn heute so früh dran?" rief Günther aus der Küche.

„Grit hatte irgendwas vor. Deshalb bin ich früher gegangen."

„Habt ihr euch gestritten?"

„Nein. Wie kommst du denn darauf?"

„Du siehst verstört aus."

Sie ging ins Bad und überprüfte ihr Gesicht. Sie wusch es ein zweites Mal. Anschließend zog sie den Lidstrich nach und trug neuen Lippenstift auf. Sie atmete noch einmal tief durch, bevor sie das Bad verließ.

Sie stellte sich in die Küchentür und fragte: „Wo bist du gewesen?"

„Kleiner Spaziergang am Rhein. War ja schönes Wetter heute."

Sie forschte nach der Lüge in seinem Gesicht. Sie konnte keinen, noch so winzigen Zug entdecken. Sie beschloss, sich zusammenzunehmen und ihr Geheimnis für sich zu bewahren. Sollte er seine kleine Affäre haben, wenn es ihm gefiel. Früher oder später würde ihn das junge Ding sowieso verlassen. Wie konnte die andere überhaupt Gefallen an jemanden finden, der kleiner war als sie. Sein Bauch wölbte sich über dem Hosenbund seiner grünen Kordhose. Was für abgetragene Sachen er zu seinem Rendezvous angezogen hatte. Sein Haar war fast vollständig ergraut und stand vom Kopf ab. Er müsste mal wieder zum Friseur. Was hatte er nur, dass er noch anziehend auf Frauen wirkte?

Günther trug das Essen ins Wohnzimmer und bat zu Tisch. Sie aßen schweigend.

Später saßen sie vor dem Fernseher und hatten sich wie jeden Abend nichts zu sagen. Der neue Arzt in der Krankenhausserie erinnerte sie entfernt an Daniel. Es schmerzte ein wenig, aber mit der Zeit würde die Erinnerung verblassen und der Schmerz nachlassen.

Brief an Vater

Lieber Vater,

ich weiß, dass Du diesen Brief nie erhalten wirst, dass unsere Verbindung für immer zerschnitten ist. Trotzdem schreibe ich Dir, weil ich niemanden mehr habe, dem ich mich anvertrauen kann. Deine Unerreichbarkeit macht es einfacher niederzuschreiben, was mit uns passiert ist. Es ist schon seltsam, dass man aus der Ferne sein Herz leichter ausschütten kann als in der Nähe.

Jetzt bist Du bereits drei Wochen nicht mehr bei uns, und keiner weiß, wie es weitergehen soll. Du hast einen Ort des Schweigens, der Trostlosigkeit hinterlassen. Mama sitzt tagaus, tagein stumm und starr in Deinem Sessel. Anfangs weinte sie viel. Nun sind die Tränen versiegt. Eine schreckliche Leere hat unser Leben gefressen, Träume und Hoffnungen verschlungen.

Ich kann nicht erkennen, dass Mama versucht, sich eine neue Zukunft für sich und für mich vorzustellen. Vielleicht betäubt der Schmerz ihren Kopf, so dass sie keinen klaren Gedanken fassen kann. Vielleicht denkt sie Tag und Nacht nach, wie es mit uns weitergehen soll, dreht sich endlos im Kreise, sucht verzweifelt einen Ausweg, und ich sehe es nicht. Oder übersieht sie mich auf ihrer Suche nach dem Ausgang in ein neues Leben?

Du fragst bestimmt, woher ich dies alles zu wissen glaube. Die Ereignisse der letzten Wochen haben meinen Blick geschärft. Sie lassen mich vieles deutlicher und klarer erkennen. Der Schmerz hat mich sehend und empfindsam gemacht.

Ich beobachte nicht nur Mama, nein auch die anderen Leute, und verurteile sie, vielleicht vorschnell, für ihr gleichgültiges Verhalten.

Oma ist zu uns gezogen, um uns die Übergangsphase, wie sie es nennt, zu erleichtern. Sie kenne das Witwendasein. Sie bringt ihre Ordnung in den Haushalt, den Mama vernachlässigt. Sie gibt meinem Alltag eine Routine, an der ich mich festhalten soll. Aber sie lebt wie zuvor, als es Dich noch gab, ihren einzigen und liebsten Schwiegersohn. Sie tut, als ob nichts geschehen wäre.

Am schmerzlichsten ist, dass jeder für sich allein lebt: Mama in ihrer Welt des Schmerzes und der Verzweiflung, zwischen Erinnerungen und verlorenen Träumen, Oma in ihrer heilen Welt und ich in meinem Irrgarten aus Erinnerungen. Jeder verkriecht sich in sein ganz persönliches Schneckenhaus.

Ich sitze stundenlang in meinem Zimmer und denke nach, vielleicht zu lange und zu viel. Die Erinnerung an Dich beginnt zu leben, sich zu entwickeln. Ein eigenständiges Etwas gebiert ständig neue Auswüchse, sobald mir längst vergessene Worte in den Sinn kommen, die Du mir vor Jahren sagtest. Deine Worte, die wenigen Ratschläge, die Du mir mit auf den Weg gabst, verwickeln sich ineinander, bilden ein undurchdringliches Geflecht, das mich gefangen hält. Die zahlreichen Bilder bedrängen mich und müssen auf immer enger werdenden Raum zusammenrücken, wenn ich noch ein Foto aus meinem Gedächtnis auspacke und die alten damit verdecke. Sie versuchen sogar, die Wände zu sprengen und mich zu erdrücken, wenn neue, vergessen geglaubte Filme ablaufen und die alten, in den Minuten zuvor ausgegrabenen verdrängen.

Fliehe ich nach draußen, an Mama vorbei, die schweigend im Wohnzimmer sitzt und mich nicht bemerkt, an Oma vorbei, die in der Küche hantiert und mich nicht nach dem Wohin fragen kann, weil ich zu schnell die Tür zugeschlagen habe, die Treppe hinunter in den Park, dann löst sich diese unwirkliche Gebilde aus Wörtern, Tönen, Bildern und vereinzelten Gerüchen (Deine filterlosen, französischen Zigaretten, mit denen Du die Balkonpflanzen ermordetest) von mir, entschwindet in die Lüfte und lässt mich mutterseelenallein auf der Erde zurück. Allein, leer, wie tot. Die Weite ist bedrückend wie das Zimmer, allerdings auf eine andere Art bedrückend. Im Zimmer erdrückt mich mein Erinnerungsgespinst, im Freien meine Verlorenheit.

Nirgends fühle ich mich wohl. Dein jäher Abschied hat mein Leben zerschnitten. Ich weiß nicht, wohin mit meiner Trauer, meinem Schmerz, meiner Wut und meiner Sehnsucht.

In der Schule fassen sie mich mit Samthandschuhen an, sie meiden mich, scheuen die Berührung mit dem Schmerz, sperren mich aus. Die Lehrer übersehen mich mit Wohlwollen, meine Schulkameraden aus Verlegenheit. Alle haben Angst. Sie fürchten, mir weh zu tun, durch ein falsches Wort oder eine falsche Geste. Dieses Ausgestoßensein schmerzt. Ich wünsche mir so sehr, dass sie aufhören, mich anders zu behandeln.

Ich möchte etwas tun, damit mein Leben nicht mehr so trostlos erscheint, doch ich weiß nicht, was ich tun könnte. Ich suche und laufe im Kreis.

Die Beerdigung hat mich noch trauriger gemacht. Und wütend. Was der Pfarrer über Dich sagte, hatte wenig mit Dir gemein. Er hat Deinen Lebenslauf in sein Schema gepresst (war wohl nur ein Puzzlespiel für ihn) und sprach über einen fremden Menschen, der mit Dir nicht mehr als ein paar Daten teilte. Die Rede berührte mich nicht wirklich, doch die Atmosphäre lastete auf mir. Neben mir weinte Mama. Daneben bewahrte Oma stocksteif die Fassung und umklammerte Mamas Hand. Deine Schwester, die den weiten Weg nicht gescheut hatte, legte ihre Hand auf meine Schulter. Ihre Tränen ertränkten ihr Gemurmel von einem Familienfluch.

Alles legte sich wie eine Last auf mich, die schweigenden, zu Boden blickenden Menschen, die meisten Kollegen von Dir, die Kränze, der Geruch nach Tod und Endgültigkeit. Ich spürte, dass der Abschied unwiderruflich war. Erstmals. Bis dahin hatte ich geglaubt, es wäre nur ein böser Traum gewesen und die Schreckensbotschaft hätte uns in Wirklichkeit nie erreicht. Gleich würde ich aufwachen, und Du wärest wieder bei uns. Leider träumte ich nicht.

Die Tränen kamen von selbst. Ich wehrte mich nicht. Sie flossen und flossen, und ich dachte zum ersten Mal nicht daran, dass ich ein Junge bin.

„Kopf hoch, mein Junge! Das Leben geht weiter", hättest Du gesagt. Ja, ich hebe den Kopf und öffne die Augen. Der Abschied von Dir hat mir einen neuen Blick auf die Welt geschenkt. Ich habe erkannt, wie vieles wir falsch machen oder gar nicht machen, weil wir denken, dass später noch Zeit genug dafür ist. (Du hattest Angst, dass Dir die Zeit wegläuft, als Du mit uns nach Griechenland und Russland fuhrst, und ich habe es nicht gemerkt.) Ich habe gelernt, wie wenig wir uns um andere kümmern, dass wir Fehler meist erst einsehen, wenn es zu spät ist. Wie viel hätte ich noch über Deine Sprache und Dein Land lernen können, doch es interessierte mich nicht. Immer dachte ich, ich hätte alle Zeit der Welt, um mehr über meine Wurzeln zu erfahren. Du hast mich zurückgelassen, ohne meine Fragen beantwortet zu haben. Die Zeit war zu kurz, kürzer, als wir dachten.

Ich danke Dir für alles und verbleibe für immer

Dein Dich liebender Sohn Davíd

Familientreffen

‚Familienfeiern sind der Klebstoff, der zusammenhält, was schon lange nicht mehr zusammengehört', dachte Grit, als sie in die Hofeinfahrt einbog und den Golf mit Leipziger Kennzeichen sah. Sie waren also schon da: Onkel Hans, Tante Christa, Holger und die neue Freundin.

Grit nahm den Rucksack und das Geschenk aus dem Kofferraum. Sie öffnete die angelehnte Haustür, schleuderte im Flur den Rucksack in die Ecke, setzte das Geschenk auf der Kommode ab, zog ihre Schuhe aus und durchwühlte den Schuhschrank, bis sie ihre Hausschuhe gefunden hatte.

Behutsam nahm sie das Geschenk wieder auf, ging ins Wohnzimmer, gratulierte ihrem Vater und übergab das Paket. Er stellte es zu den anderen auf der Anrichte, ohne es näher zu betrachten.

Die Leipziger saßen wie Hühner auf der Stange auf der Sofakante. Grit reichte ihnen die Hand, bevor sie sich in die Küche zu ihrer Mutter verdrückte.

„Na, was gibt es neues in Leipzig? Was erzählt dein Bruderherz?"

„Bis jetzt sprachen sie von doppelten Mikrowellen und Kühlschränken. Sie wollen in eine gemeinsame Wohnung ziehen."

Seit jeher hatten die Themen auf Familienfeiern Grit gelangweilt: das ewig gleiche Geschwafel, der kleinste gemeinsame Nenner, auf den man sich einigte, um Streitigkeiten aus dem Weg zu gehen. Wie oft stellte sich heraus, dass sich gerade die kleinsten Kleinigkeiten ungemein dazu eigneten, einen Streit vom Zaun zu brechen. Unabwendbar lag er dann in der Luft und entzündete sich an einem Fünkchen, das scheinbar dem Nichts entsprang. Nichtigkeiten, die die Risse auf der stets gespannten Oberfläche der familiären Harmonie kitten sollten, verwandelten sich in Sprengstoff. Die Explosion wirbelte alten

Unrat aus den Abgründen der Vergangenheit auf. Danach arbeitete die Familie jahrelang an der Wiederherstellung des alten Friedens. Wie ein Stehaufmännchen erwachte der Familiensinn nach jeder Katastrophe aufs Neue und verlangte nach einer Feier, die sie wieder aneinander binden sollte.

Nach dem letzten Zerwürfnis hatte es viele Jahre gedauert, die Familie wieder zusammenzuführen, und erst seit dem sechzigsten Geburtstag von Hans vor drei Jahren lag die Oberfläche wieder harmonisch und spiegelglatt vor ihnen und den Außenstehenden, für deren Neugier und Klatschsucht sie gemacht war.

Es gab nicht viele Dinge, über die man unbedacht auf den Familientreffen redete. Man sprach nicht von Politik, die die Familie mehr als einmal zerrissen hatte, sprach nicht von Kunst, die niemanden interessierte, sprach nicht von Gefühlen, die so verletzbar waren. Man sprach von den Besitztümern, Kleinigkeiten, die freilich das Leben ausmachten und den Neid entfachten.

„Hast du das Auto gesehen? Nagelneu! Woher die nur das Geld haben?" wunderte sich Ursula, während sie die Torte verzierte. Grit zuckte mit den Schultern, ging wieder ins Wohnzimmer und setzte sich in einen Sessel. Sie hörte sich das obligate Gerede über Wohnungen sowie deren Renovierung und Einrichtung an und musterte die neue Freundin. Sie konnte nicht mehr zählen, wie viele vor der Neuen auf dem Sofa Platz genommen hatten und in die Familie eingeführt worden waren. Natürlich hatten die anderen nicht auf diesem Sofa gesessen, sondern auf der alten Couch aus alten Zeiten.

Die Neue war zur Abwechslung brünett, nachdem Grit bisher fast nur Blondinen kennen gelernt hatte. Sie unterschied sich sehr von den Verflossenen: unauffällig, blass, eine graue Maus. Schüchtern saß sie neben Holger als viertes Huhn auf der Stange, hielt dessen Hand, sah auf ihre Pantoffeln und lauschte dem Gespräch.

Es klingelte. Gleichzeitig öffnete sich die Wohnzimmertür, und Ursula trug das Tablett mit dem guten Kaffeegeschirr von Oma Auguste herein. Nach dem Tod von Opa Heinrich hatte Ursula bis aufs Messer gegen die drei Schwägerinnen gekämpft und schließlich das Erbstück nach Hause getragen.

„Herbert, ich hatte dir doch gesagt, dass du den Tisch ausziehen solltest!"

„Ich hatte keine Zeit, musste mich um die Getränke kümmern. Und jetzt hat es geklingelt."

Grit sprang auf, zog den Esstisch aus und legte die Tischdecken auf, die bereitlagen. Als sie fertig war, wurde der Lärm, der die ganze Zeit gedämpft durch die Glastür ins Wohnzimmer gedrungen war, lauter. Die Tür öffnete sich. Der Rest der Verwandtschaft stürmte herein und lud zwei riesige Präsentkörbe auf dem Tisch ab, bevor Ursula das Tablett abstellen konnte.

Nach der Begrüßungsrunde nahm die Familie an der gedeckten Tafel Platz. Jutta setzte sich neben Grit und fragte nach ihrem Befinden.

„Gut. Willst du nicht mal wieder vorbeikommen? Wir haben uns wochenlang nicht gesehen."

„Ich habe schrecklich viel zu tun. Günthers Auszug, die Termine beim Anwalt, ..."

„Ist ziemlich kompliziert, so eine Scheidung, oder?"

„Ja, Günthers erste Scheidung war einfacher."

„Ein Termin und vorbei war's", mischte sich Holger ein. „Nichts mit Trennungsjahr, Anwälten, Versorgungsausgleich und was es sonst noch heutzutage gibt."

Holger war kurz vor der Wende selbst noch einmal glücklich davongekommen. Die Ehe, bei deren Schließung die Kühns nicht dabei gewesen waren, hatte wenige Monate gedauert und war vor allem ein Versuch, sich auf diesem Wege eine Wohnung zu beschaffen. Solange der Antrag lief, wohnte jeder weiter in seinem Kinderzimmer bei den Eltern und lebte sein eigenes Leben. Kurz nach der Scheidung erhielt Holgers Ex-Frau die beantragte Wohnung. Holger hätte wohl weiter bei seinen Eltern wohnen müssen, wäre nicht die Wiederver-einigung gekommen.

Er betrachtete seine beiden Cousinen. Jutta, die älteste un-ter der Nachkommenschaft der Sieberts, war schon verblüht. Sie versauerte zwischen den Rechnungen in der Buchhaltung.

Grit sah ein paar Jahre jünger aus. Sein Typ war sie nicht. Wie sie sich vorhin hinter ihrer pseudointellektuellen Brille verschanzt und die Gesprächsrunde pikiert gemustert hatte. Wer täglich irgendwelche Teilchen durch die Gegend schoss und sich mit abstrakten Theorien beschäftigte, war sich wohl zu fein über Kücheneinrichtungen nachzudenken. Als ob sie etwas Besseres wäre. Er erinnerte sich, dass man früher kein vernünftiges Wort mit ihr wechseln konnte. Immer hatte sie sich hinter einem Buch versteckt und Langeweile ausgestrahlt. Einen Mann hatte sie immer noch nicht abbekommen. Den Wettlauf um den ersten Enkel hatte Silke, die Tochter von Onkel Rolf gewonnen, nicht Grit, die erfolgreiche Grit, der alles gelang, was sie anpackte. Sogar Professorin war sie ge-worden, mit neunundzwanzig, ein paar Tage vor ihrem drei-ßigsten Geburtstag.

Holger legte seine linke Hand auf Elkes Oberschenkel. Er war froh, dass seine Freundin ihre Brötchen in der Stadtverwaltung verdiente und keine Ambitionen hatte. Für einen Mann musste ein Leben mit Grit die Hölle sein. Frau Professor hier, Frau Professor da. Und wenn ein Experiment lief, vernachlässigte sie wahrscheinlich tagelang den Haushalt. Seine Hand strich übers Elkes Oberschenkel.

Elke lauschte dem Gespräch ihrer künftigen Schwiegermut-ter mit Ursula über die anstehende Osterdekoration.

„Eigentlich habe ich keine Zeit dafür. Wir könnten Tag und Nacht in der Werkstatt stehen. Die Leute rennen uns die Türen ein. Es ist einfach unerträglich."

‚Manche kriegen nicht genug von der Arbeit, andere haben gar keine', dachte Christa. ‚Wie ungerecht die Welt ist. Bereits vor der Wende fuhr Herbert Lada, und wir nur Trabant. Alles über Beziehungen: das Wochenendhaus an der Talsperre, der Ausbau seines Elternhauses, ...'

Sie hörte mit halbem Ohr, wie Ursula sagte: „Wenn wir nur einen Gesellen einstellen könnten! Der Arbeitsmarkt ist wie leergefegt."

‚Woanders drängeln sich die Leute', dachte Christa. ‚Aber mit fünfzig ist der Ofen aus.'

Herbert stand zwischen den beiden Frauen der Tafel vor. Er sah den Neid über das Gesicht seiner Schwägerin ziehen.

‚Die soll ja ruhig sein. Hatten damals ein schönes Leben in ihrer Neubauwohnung. Fünfzig Mark mit Fernwärme. Sparten jede Menge. Reisen in die Hohe Tatra, nach Ungarn, sogar nach Bulgarien. Und ich rannte ständig jedem Sack Zement hinterher. Das Haus fraß den letzten Pfennig auf. Vor der Wende sind wir schön im Lande geblieben. War auch nicht billig. Privatquartiere. Nur alle drei, vier Jahre mal von der Handwerkskammer für hundert Mark ein Bungalow in Mecklenburg oder an der Ostsee. FDGB war ja nicht drin, als Handwerker.'

Er schob seinen Teller mit der Sahnetorte zur Seite und stand auf. Ursula zischte: „Herbert."

Herbert kümmerte sich nicht darum und kehrte zu seiner Bierflasche zurück. Auf dem Sofa saßen seine Schwager Rolf und Kurt sowie sein Neffe Stefan. Alle drei mochten keinen Kaffee und tranken lieber Bier. Stefan naschte ein Stück Torte, während sein Vater Rolf über die unpassende Kombination Witze machte.

Das Thema am Tisch war das allgegenwärtige, sobald Ostdeutsche zusammenkamen. Rolf fluchte über einen Sachbearbeiter beim Arbeitsamt. Es war die ewig gleiche Geschichte: Bald würde er in Vorruhestand gehen, nachdem ihm jahrelang keine einzige Stelle angeboten worden war.

Die Arbeitslosigkeit war gar nicht so furchtbar. Schlimmer war die Ungewissheit, die man früher nicht gekannt hatte. Jeder hatte seinen Lebensweg von der Wiege bis zur Bahre geradlinig vor sich gesehen und war folgsam von einer Station zur nächsten gegangen. Einzig Abenteuerlustige verließen den Weg und fielen auf die Nase. Heute irrte man durch ein Labyrinth, in dem der Strom ausgefallen war, und über der Suche nach dem richtigen Weg vergaß man nach dem Sinn zu fragen.

Rolf ertränkte die Gedanken im Bier. Nach seinem Bericht verstummten die Männer. Vom Esstisch flogen einzelne Wortfetzen der Kaffeesachsen herüber.

Nach dem Kaffeeklatsch stand Gisela auf und strich mit der Hand über die neue Schrankwand aus Kirschbaum. Ursula beobachtete ihre Schwägerin und sah, wie ihre Gehirnwindungen den Preis berechneten. Sie stieß Grit, die neben ihr stand, den Ellenbogen in die Seite und grinste.

Grit sah die Schrankwand ebenfalls zum ersten Mal. Jetzt waren alle Möbel neu, aus westlicher Produktion. Einzig das Kinderzimmer war noch mit den Möbeln ihrer Jugend bestückt. Vielleicht wollten ihre Eltern, dass sie sich in dem neuen Haus, in dem sie nie wirklich gelebt hatte und das weit weg von der Welt ihrer Kindheit stand, heimisch fühlte. Grit wünschte sich, dass sie diese Möbel auch noch wegwerfen sollten, damit die Vergangenheit in dem vor Jahren verkauften Haus in Thüringen für immer zurückbliebe.

Hans bat darum, durch das Haus geführt zu werden, das die Kühns erst vor einem Jahr bezogen hatten, und so begaben sich die Leipziger, geführt von Herbert, auf einen Rundgang durch den Neubau.

In der Küche beobachteten sie, wie Ursula die Spülmaschine füllte, und bestaunten die Einrichtung. Christa registrierte jedes Detail und verglich es mit ihrer Küche. Holger erkundigte sich genau, wie man Anschlüsse verlegte und flieste. Herbert stutzte, erklärte aber geduldig.

Sie gingen weiter ins Arbeitszimmer.

„Hier mache ich meine Buchhaltung", sagte Herbert.

‚Hier werden also die Moneten gezählt', dachte Christa. ‚Manchen Leuten wird halt immer der Zucker in den Hintern gepustet. Andere müssen ihr ganzes Leben den Gürtel enger schnallen.'

‚Endlich rollt der Rubel', dachte Herbert. ‚Damals haben sie aufgepasst, dass man keinen Pfennig zu viel verdiente. Vierzig Jahre lang haben sie mich betrogen, weil ich nie zu Kreuze gekrochen bin.'

Die Schaulustigen stiegen die Treppe hinauf. Oben gab es vier Zimmer, Schlafzimmer, Grits Zimmer, zwei Gästezimmer, und zwei Bäder.

‚Die Armen', dachte Christa. ‚In ihrem Alter so ein großes Haus. Bestimmt hoffen sie auf Enkel. Wie können sie sich das nur vormachen? Ihre Theoretikerin verzweifelt doch, wenn sie Windeln waschen oder Brei kochen muss.'

Die Leipziger schauten in jedes Zimmer und taxierten die Einrichtung. ‚So etwas werden wir uns nicht leisten können', befand Holger in Gedanken.

Zum Schluss begab sich die Gesellschaft in den Keller. Holger und Hans ließen sich die Gasheizung in allen Einzelheiten erklären. Herbert fand seinen Verdacht erhärtet.

Den Rest des Nachmittags saß die Familie auf dem Sofa, auf Sesseln und Stühlen um den mit Bierflaschen und Gläsern beladenen Couchtisch ab. Grit saß zwischen Kurt und Brigitte, Juttas Eltern. Die beiden waren Mitte sechzig und hatten sich in die Rente hinübergerettet. Sie belehrten Grit, in welcher Berchtesgadener Pension die Übernachtung am billigsten und das Frühstück am reichhaltigsten war. Grit starrte die Wand an, was Holger, der sie oft betrachtete, als Arroganz der Promovierten interpretierte.

Ursula notierte einen Schwall Rezepte. Ihre beiden Schwägerinnen Gisela und Christa meinten es nur gut mit dem

Nesthäkchen der Sieberts. Schon auf ihren Hochzeiten hatten sie die Kleine Blumen streuen lassen. Sie sah über den Tisch zu ihrer Tochter, die die Bilder an der Wand musterte: die dunkle, bedrohliche Waldlandschaft, die der alte Kühn in jungen Jahren gemalt hatte und die Aufnahme des Hauses in Thüringen aus dem Jahre 1910, als es gerade fertig geworden war. Grit wurde dem Alten immer ähnlicher. Sie hatte nicht nur seine Augen und die hohe Stirn geerbt, sondern auch sein selbstsicheres, ja rechthaberisches Auftreten. Vielleicht war sie sogar noch halsstarriger als der Alte. Der war zweimal aus der Bahn geworfen worden und hatte sich dann gefügt. Das erste Mal, als er vom Stiefvater gezwungen wurde, die Pinselei aufzugeben, und das zweite Mal von den Kommunisten. Von diesem Schlag hatte er sich nie erholt. Ursula hatte ihn nur in seinen letzten Tagen gekannt, einen gebrochenen, gebeugten Mann und hatte kaum geglaubt, welch hochfliegende Träume der Alte einst hatte: Zuerst die Kunst, später die Expansion seines Betriebes.

Ursula sah auf die Uhr und gab Grit ein Zeichen. Grit ging hinaus auf den Flur, nahm ihren Rucksack, den Ursula am Fuß der Treppe bereitgestellt hatte, und stieg hinauf in ihr Kinderzimmer. Sie öffnete die Tür und die Erinnerungen stürzten von den Schränken auf sie herab und wälzten sich auf dem Bett. Sie nahm ihre Sachen aus dem Rucksack und floh ins Bad.

Holger und Elke hatten sich im Gästezimmer umgezogen. Im Flur stießen sie mit Grit zusammen. Holgers Blick ging zwischen Grit und Elke hin und her. Elkes Rüschenbluse machte ihr Gesicht noch blasser. Grit trug ein enges, schwarzes Kleid. Ihr halblanges, dunkelblondes Haar hatte sie aufgesteckt. Sie offenbarte nun ihr wahres Alter. Für einen Moment hielt Holger den Atem an. Dann nahm er Elkes Arm, ging mit ihr die Treppe hinunter und dachte: ‚Völlig übertrieben für die Geburtstagsfeier ihres Vaters.'

Unten sammelte sich die Gesellschaft und brach in das nahe „Odysseus" auf.

Die Sieberts liefen in einer langen Reihe die Straße hinunter. Vorneweg gingen Ursula und Herbert. Ihnen folgte schweigend Grit. Christa hatte sich bei Elke untergehakt, während Hans und Holger hinter ihnen über das Haus fachsimpelten. Brigitte und Kurt schwiegen. Jutta unterhielt sich mit ihrem Cousin Stefan über das Großstadtleben. Er arbeitete in Stuttgart. Seine Schwester Silke, die fehlte, weil eines ihrer Kinder krank war, musste sich dagegen mit dem Leben einer alleinerziehenden, arbeitslosen Mutter zufrieden geben. Rolf folgte seinem Sohn. Er grollte der neuen Gesellschaft, die den Älteren und Schwächeren keine Chance gab. Gisela war versöhnter Sie hatte ihre Stelle in der Kaufhalle behalten und sah ein, dass die neue Zeit den Begabten, wie ihrem Sohn Stefan, ungeahnte Möglichkeiten eröffnete.

Im Hinterzimmer des „Odysseus" war die Tafel gedeckt. Der Wirt begrüßte seinen Stammgast Herbert. Spät hatten Herbert und Ursula die Küche fremder Länder für sich entdeckt.

Sie nahmen an der Kopfseite Platz. Zur linken reihten sich die Leipziger auf: Christa, Hans, Holger und Elke. Jutta setzte sich neben Elke. Rechts ließen sich Kurt, Brigitte, Gisela, Rolf und Stefan nieder. Grit hockte allein am anderen Ende.

Der Kellner verteilte Sekt.

Herbert stand auf, blickte auf die angeheiratete Verwandtschaft, hob das Glas und sprach: „Ich freue mich, dass ihr heute alle gekommen seid, um mein Jubiläum gemeinsam mit mir zu feiern. Vielen Dank für die Geschenke. Ich hoffe, der Abend wird euch gefallen. Prost!"

‚Als ob ich mich freue, dass sich die Sieberts einfach selbst einladen und sich auf meine Kosten den Bauch voll schlagen', sprach er zu sich. Er selbst hatte keine Verwandten mehr, die Eltern tot, der halbwüchsige Bruder im Volkssturm gefallen.

Eine Weile brandete das Gemurmel am Tisch hin und her und steigerte sich in einen Ausruf des Erstaunens, als die Vorspeisenplatte aufgetragen wurde.

Christa nahm ein gefülltes Weinblatt und sagte zu Ursula: „Das schmeckt aber gut. So etwas bekam man früher nicht."

Herbert entgegnete: „Ja, die Partei deines Mannes hat darauf geachtet, dass wir nichts von der Welt sahen und schmeckten."

Hans schluckte seinen Ärger hinunter. Was wussten die von der Verantwortung, die man getragen hatte, von den Angriffen des Feindes, die man abwehren musste, von den Problemen mit den ideologisch Schwachen, die man vor der Versuchung beschützen musste. Das alles war vergessen. Alle lobten nur das neue System.

„Früher war doch nicht alles schlecht", versuchte Christa Herbert zu überzeugen. „Denkt mal an die Schulen! Du kannst dir gar nicht vorstellen, was heutzutage los ist. Nicht einmal Zensuren dürfen wir im ersten Schuljahr vergeben. Kein Wunder, dass sie dir auf der Nase herumtanzen. Erziehung ist Sache des Elternhauses. Wie soll sich da eine Persönlichkeit herausbilden?"

Anklagend schaute Christa in die Runde.

„Ja, früher hatten wir die Kopfnoten: Betragen, Fleiß, Ordnung, Mitarbeit. Vom ersten Schuljahr an. Da haben die Kinder gespurt, und die Eltern wussten, wie sich ihr Kind benimmt. Heutzutage glauben sie dir gar nicht, was ihr Kind alles angestellt hat."

„Stromlinienförmige Kader habt ihr herangebildet", warf Grit ein. „Persönlichkeit ist Anderssein."

‚Immer diese Aufsässigkeit, immer diese Sprüche', dachte Christa. ‚Früher saßt du hinter deinen Büchern, schwiegst und warst nicht anders. Seit der Wende denkt ihr sowieso, dass ihr die besseren Menschen wart. Dabei wart ihr nur nicht in der Partei, weil sie solche wie euch nicht wollten.'

„Grit, du warst doch noch ein Kind. Wie kannst du denn die Qualität unseres Bildungswesen einschätzen. Ist es dir denn lieber, dass heutzutage den Kindern immer weniger Wissen und noch weniger Grundwerte beigebracht werden? Denk mal an deine eigenen Kinder!"

Damit hatte sie Grit zum Schweigen gebracht. Die Runde verstummte und verharrte in selbst auferlegter Stille, bis Brigitte ein Loblied über die köstlichen Vorspeisen anstimmte, in das der Chor erlöst einfiel.

Jutta musterte ihre Cousine. ‚Du hast gut reden. Anderssein. Persönlichkeit', dachte sie. ‚Früher hat dich die Partei verbogen. Heute krümmst du dich vor dem Chef.'

Je mehr man verdiente, um so freier war man, aber Jutta bezweifelte, dass Grit nicht von Zwängen verformt wurde. Gut, man verfolgte die Andersdenkenden nicht, man drängte sie nur an den Rand. Jasagen und Katzbuckeln waren und blieben lebensnotwendige Tugenden.

Der Kellner räumte ab.

Brigitte spielte darauf an, dass nächstes Jahr gleich zwei Feste ins Haus standen. Ursula würde fünfzig und Rolf sechzig werden.

Rolf fragte sich, wie er das bezahlen solle. Man würde seine Feier natürlich mit dem Maßstab der Kühns messen. Auch Ursula war nicht begeistert, dass das Thema heute schon auf den Tisch kam. Abermals hatte sich die gesamte Sippe eingeladen. Warum hielten sie nicht Abstand wie früher? Wie sehr hatten sie sich dagegen gewehrt, dass die achtzehnjährige Schwester in eine der letzten Oasen des Kapitals einzog. Eine ledige Mutter wäre ihnen lieber gewesen. Statt dessen heiratete sie einen Außenseiter, der Sand ins Getriebe streute und andere in ein vielschichtiges Beziehungsgeflecht einwickelte.

Der Kellner trug neue Platten auf: Gyros, Souvlaki, Bifteki, dazu Tzatziki und Reis. Alle langten zu. Andächtig kauten sie. Das Schweigen zog erneut in die Runde ein.

Grit aß wenig vom Gyros. Das hielten ihre Eltern für exotische Küche und einen kulinarischen Hochgenuss. Zugegeben, es war besser als das ewige Brateneinerlei, aber ihr Gaumen war inzwischen weltoffener und verwöhnter. Der Verwandtschaft schien es allerdings zu schmecken, wie sie mit einem Blick in die Runde feststellte.

Mit der Zeit lebte die Unterhaltung wieder auf. Keiner konnte sich später erinnern, wie das Gespräch auf Onkel Kurt, den jüngsten Bruder von Oma Auguste, gekommen war. Irgendwie hatte sich Elke verplaudert und erzählt, dass sie mit Holger bei Onkel Kurt in Heidelberg gewesen war.

Ursula blieb die Luft weg. „Früher habt ihr ihn verleugnet und jetzt quartiert ihr euch bei ihm ein, um einen billigen Urlaub zu verbringen!"

„Was kann denn der Junge dafür? Warum soll er nicht seine Verwandten kennen lernen?" erwiderte Christa und stieß Hans den Ellenbogen in die Seite.

„Es ist lange vorbei und vergessen, Ursula. Wir leben jetzt in einer anderen Zeit", setzte er hinzu.

‚Vor einer halben Stunde haben sie noch lautstark die Vorzüge des Sozialismus gepriesen, und nun soll alles Schnee von gestern sein', dachte Grit. Sie lachte auf.

„Das ist nicht lustig", sagte Christa. „Es gab Zwänge. Die Partei. Meine Stellung als Lehrerin."

Grit kicherte noch einmal. Zugleich prustete Herbert los

„Ihr wisst doch gar nicht, welche Schwierigkeiten wir nach Grits achtzehntem Geburtstag hatten. Wir haben es euch nie erzählt."

‚Wie denn auch', dachte Grit. ‚Ihr habt uns danach gemieden wie die Pest.'

„In der Schule wussten sie schon alles. Und Hans wurde sofort nach dem Urlaub in die Kreisleitung zitiert."

‚Na, auch mal in Konflikt geraten', dachte Herbert.

„Ihr hattet Kurt nicht einmal ins Hausbuch eingetragen", fuhr Hans fort. „Ihr wusstet seit Wochen, dass er kommen würde, und habt uns nicht gewarnt. In eine Falle habt ihr uns gelockt."

Herbert nickte in Gedanken. Hans hatte wirklich keine gute Figur gemacht.

Onkel Kurt hatte sich zu Grits achtzehnten Geburtstag angekündigt. Er war Physiker und hatte seine Großnichte bei früheren Besuchen ins Herz geschlossen, weil endlich jemand in der Familie ihm nachfolgen wollte. Ursula war nicht zur Telefonzelle gegangen, um ihre Brüder anzurufen. Alle drei würden die Einladung ablehnen. Die Partei, die Schulleitung, das übliche.

Alle saßen am Sonnabendnachmittag an der Geburtstagstafel, als es klingelte. Niemand hatte damit gerechnet, dass Hans, Christa und Holger von ihrem Ferienort einen Abstecher zu den Kühns machen würden. Als Anlass hatten sie sich ausgerechnet Grits Geburtstag ausgesucht.

Herbert bat die Leipziger herein, ohne ihnen einen Wink zu geben. Kurts Auto stand in der Garage, um es vor den neugierigen Blicken der Nachbarn zu schützen. Hans wurde beinahe vom Schlag getroffen, als er den fremden Mann am Kaffeetisch erkannte. Er hatte ihn vor über dreißig Jahren das letzte Mal gesehen.

Den Leipzigern blieb nichts anderes übrig, als am Tisch Platz zu nehmen. Das Lächeln gefror auf ihren Masken. Mit Argusaugen überwachte Hans die Mienen seiner Gegner. Jede unverfängliche Frage konnte ein Angriff sein.

Die Stimmung kippte vollends, als Grit die Schokolade von Tante Christa in die Ecke warf und Holger vorführte, wie gut Milka schmeckte. Der stürzte sich nach langen qualvollen Minuten auf sie und entriss ihr die Tafel, obwohl er schon zweiundzwanzig und den Kinderschuhen längst entwachsen war.

Ursula schrie ihre Schwägerin an, wie schlecht sie ihren Sohn erzogen hätte. Christa schrie zurück, es wäre eine unerhörte Vorstellung von Grit gewesen.

Nachdem die beiden des Zimmers verwiesen worden waren, versuchte Kurt die Stimmung aufzuheitern. Zwangsläufig kam er auf das Leben im goldenen Westen zu sprechen.

Hans sah in Kurts Schilderungen Angriffe auf den Sozialismus. Um seinen Onkel zum Schweigen zu bringen, referierte er über die Vorzüge der sozialistischen Gesellschaftsordnung, wie er es auf der Parteischule gelernt hatte. Kurt sprach von Parteidiktatur und Meinungsfreiheit.

Hans schwieg. Ihm und Christa schmeckte der Westkaffee besonders bitter. Sie bemühten sich, ihre freundlichen Mienen nicht gänzlich zu verlieren, und hofften, der Qual bald entfliehen zu können.

Später gingen alle auf den Hof hinaus. Holger und Grit saßen auf der Bank und teilten sich die Schokolade. Kurts Augen leuchteten, als er den Trabi sah.

„Damit wollte ich schon immer einmal fahren", rief er aus, riss die Fahrertür auf und zwängte sich hinein. Er öffnete die Beifahrertür und winkte Hans herbei: „Sei so nett und gib mir eine Fahrstunde."

Die Stimme der Partei schrie in Hans' Kopf, dass er vom rechten Wege abkäme und versäumte, den Klassenfeind zu bekämpfen. Er erinnerte sich, wie gern er früher mit Onkel Kurt zusammen war, dem Lieblingsbruder seiner Mutter, der ihrem ersten Sohn den Namen gegeben hatte. Er stieg ein, ließ Kurt den Benzinhahn öffnen und erklärte die Lenkradschaltung.

Sie fuhren los. Im nächsten Augenblick, als sie eine Runde um die Dorflinde drehten, bereute Hans seine Entscheidung. Er registrierte schaulustige Blicke von allen Seiten und glaubte in seiner Angst, dass sich das gesamte Dorf in den Vorgärten versammelte und ihn anstarrte. Ihn, Ursulas linientreuen Bruder, der Parteikarriere in Leipzig machte. Er begann zu schwitzen. Wie würde es die Parteileitung auslegen, dass er sich von einem Westdeutschen im Trabi durch das Dorf seines abtrünnigen Schwagers chauffieren ließ?

Kurt brauste aus dem Dorf hinaus. Hans atmete auf. Die Fernverkehrsstraße lag frei vor ihnen. Kurt gab Gas. Hans hätte sich gern die Ohren zugehalten. Am liebsten hätte er Kurt zurechtgewiesen, dass er seinen besten Freund nicht so quälen durfte, aber er getraute sich nicht. Kurt holte die letzten Reserven aus der Maschine und beschleunigte auf eine Geschwindigkeit, die Hans noch nie erreicht hatte. Kurt würde nie begreifen, dass man ein Auto schonen musste. Drüben kauften sich die Leute ständig ein neues und wussten nicht, was es hieß, fünfzehn Jahre auf ein Auto zu warten, so dass man in der Zwischenzeit das alte lieb gewann und wie ein Kind ins Herz schloss.

In wenigen Minuten erreichten sie das Dorf der Sieberts. Kurt tuckerte durch die Straßen und sah sich um. Er hielt vor dem Haus seiner Schwester. Seit Heinrichs Tod stand es leer. Die Fenster waren mit Brettern vernagelt. Die Dachrinne hing herab. Der Dschungel im Vorgarten versperrte fast die Sicht auf das Haus. Die Erbschaftsangelegenheit auf Heinrichs Seite war kompliziert und scheinbar unlösbar, eine Ost-West-Geschichte mit Kriegsnarben. Die Kinder wollten sich nicht ewig mit entfernten Verwandten auf der ganzen Welt streiten. Sie hatten ihre eigenen Häuser und ließen der Natur freien Lauf.

Kurt drängte Hans, ihm die Häuser seiner Brüder zu zeigen. Sie standen nebeneinander am Rand des Dorfes und glichen wie ein Ei dem anderen. Erst wollte Onkel Kurt aussteigen und klingeln. Hans konnte den Skandal verhindern, indem er seinen Onkel daran erinnerte, dass man auf sie wartete.

Kurt raste zurück. Der Motor dröhnte und jaulte. Hans ertrug kaum die Qual. Kurt hielt im Hof der Kühns, sprang aus dem Wagen und klopfte Hans voller Begeisterung auf die

Schulter. Hans sah das höhnische Grinsen in Herberts Gesicht. Er trieb seine Familie zum Trabi, verlor wenige Abschiedsworte und schlug die Fahrertür zu, bevor sich der Spott über ihn ergoss.

Erst fünf Jahre später, lange nach der Wende, kamen die Leipziger wieder.

„Und?" fragte Herbert. „Ist doch nichts passiert. Du warst bis zum bitteren Ende Parteisekretär."

Rolf beschwichtigte: „Herbert, du weißt, wie es damals war. Sie hätten es auch anders auslegen können. Wir mussten an das Wohl unserer Familien denken."

„Ach ja", sagte Ursula. „Abstand halten, damit Silke studieren konnte."

„Wir haben es auch überlebt", fügte Herbert hinzu. „Grit bekam ein halbes Jahr später sogar einen Studienplatz, ohne dass ich in der Partei war."

Er dachte nicht zu Ende. Er wusste genau, dass Grits Karriere beendet gewesen wäre, bevor sie überhaupt begonnen hätte. Aus Silke wäre dagegen etwas geworden.

Eisiges Schweigen betrat den Raum, kälter als das Eis, das nun aufgetragen wurde. Alle senkten die Köpfe, löffelten, schauten bisweilen verstohlen in die Runde und studierten die Gesichter der Verwandten.

Bruchstücke der Vergangenheit, die jeder für sich längst unter den Tisch gekehrt zu haben glaubte, lagen auf dem weißen Tischtuch. Die Kleinigkeit eines Besuches in Heidelberg hatte den Dreck aus den Abgründen aufgewirbelt und alle aufs Neue von oben bis unten besudelt.

Kaum hatte Rolf das Eis gegessen, erhob er sich und sagte: „Es wird Zeit, dass wir zurückfahren. Es sind ja fast zwei Stunden."

Gisela schnellte hoch. Rolf wandte sich an Kurt: „Kommt ihr mit? Wir wollten doch gemeinsam fahren?"

Kurt und Brigitte nickten.

Der Abschied war frostig. Nur Brigitte umarmte Ursula flüchtig. Eine schüchterne Andeutung, dass sie ihr weiterhin mütterlich verbunden war, so wie nach Grits Geburtstag. Sie war die einzige gewesen, die sich noch zu den Kühns traute.

Der Kellner brachte ein Tablett mit Ouzo und blieb verblüfft in der Tür stehen. Mit einem frühen Aufbruch der Geburtstagsgesellschaft hatte er nicht gerechnet. Die sechs Thüringer gingen an ihm vorbei. Der Kellner teilte sieben Gläser aus und nahm die restlichen wieder mit.

Hans befand sich in einer Zwickmühle. Es war zu spät, nach Leipzig aufzubrechen. Wohl oder übel musste er seinen Schwager ertragen. Herbert bildete sich wirklich ein, ein Widerstandskämpfer gewesen zu sein. Dabei war die Wende über ihn gekommen. Nachdem ihm in der Jugend der Weg verbaut worden war, hatte er sich eingerichtet, Geld gescheffelt und keine Ideale gehabt.

Herbert kippte zwei Ouzo hinunter, ging zur Tür, rief den Kellner und bestellte ein Bier.

„Wollt ihr auch noch was?" fragte er in die Runde.

„Einen Kaffee", sagte Grit.

Der Rest schüttelte die Köpfe und schob den Ouzo zur Seite.

„Dann eben nicht", murmelte Herbert. Er hatte die Geburtstagsfeier von Anfang an nicht gewollt. Insgeheim freute er sich, nun die anderen am Tisch festzuhalten und schmoren zu lassen.

Ursula ging um den Tisch zu Grit und sagte, dass es nicht klug wäre, so spät am Abend Kaffee zu trinken. Sie stieß auf taube Ohren. Zwischen Mutter und Tochter saß das Schweigen. Gemeinsam betrachteten sie Grits Kaffeetasse und übersahen die Front zu ihrer Rechten und den Unrat auf dem Tischtuch.

Elke ergriff Holgers Hand unter dem Tisch. Schlaff und kraftlos lag die Beute in ihrer Hand. Allmählich ahnte sie, dass er ihr grollte, weil sie den Streit ausgelöst hatte. Kein guter Start.

Herbert trank das Bier aus, stand auf, ging hinüber in die Gaststube und beglich die Rechnung mit einem Bündel Hundertmarkscheine. An das Plastikgeld konnte er sich einfach nicht gewöhnen.

Der Rest der Verwandtschaft folgte ihm. Einsam führte er den Zug an. Einige Meter hinter ihm hielt sich das Knäuel der Leipziger. Ursula und Grit bildeten schweigend das Schlussgespann.

Zu Hause angekommen, zerstreute sich der Trupp in Windeseile in alle Himmelsrichtungen.

Grit lag im Bett. Sie wollte von der Abwesenheit der Verwandten so lange wie möglich profitieren. Angestrengt hielt sie die Augen geschlossen. Ihr Kopf schmerzte. Wie schwer war es Gedankenleere zu erzeugen, wenn man sie wirklich brauchte.

Sie wollte die Möbel nicht sehen, doch irgendwann musste sie die Augen aufschlagen. Sie sah den hellen Schrank aus beschichteten Sperrholzplatten und das dunkle, schwere Bücherregal, ein Erbstück des Großvaters, den sie nie kennen gelernt hatte, mit den Kinderbüchern, die ihre Mutter aufbewahrt und nach dem Umzug genauso wie im alten Haus aufgereiht hatte.

Grit stand auf und öffnete die untere Schublade des Schreibtisches. Sie sah auf den ersten Blick, dass hier gleichfalls die ordnende Hand ihrer Mutter gewirkt hatte. Bei ihrem letzten Besuch hatte das Bild von der Abiturfeier nicht zuoberst gelegen. Grit stieß das Schubfach zu, floh ins Bad und anschließend die Treppe hinab, obwohl der Geist, der ihr Angst einjagte, gar nicht auf dem Foto zu sehen war.

In der Küche setzte sich Grit auf die Eckbank. Ursula schob ihr eine Kaffeetasse hin und grinste.

„Die Harmonie ist ein bisschen getrübt. Ich bin gespannt, wie lange die beiden zusammenbleiben? Heute früh haben sie sich auf dem Flur vor unserem Schlafzimmer gestritten."

„Na ja, er hatte noch nie Glück mit seinen Freundinnen." Grit zuckte mit den Schultern und schlürfte ihren Kaffee.

Gegen elf wurde das Mittagessen eingenommen. Die kleiner gewordene Geburtstagsgesellschaft versammelte sich am Esstisch im Wohnzimmer und griff die gestrigen Fragen wieder auf: Kücheneinrichtungen und Wohnungsrenovierung. Das waren die einzigen unverfänglichen Themen. Das Gespräch kroch über den Tisch von einem zum anderen und verharrte manchmal minutenlang in der Mitte, weil keiner es fortsetzte.

Christa unterbrach plötzlich die Nahrungszufuhr und sprach: „Ich habe doch 'ne gute Schwiegertochter bekommen. Meint ihr nicht auch, dass die beiden hervorragend zusammenpassen?"

Alle hielten im Kauen inne. Holger sah aus, als würde er sogleich im Boden versinken. Elke zog den Kopf zwischen die Schultern.

Endlich fand Ursula die Sprache wieder: „Das müssen die beiden selbst herausfinden." Sie halbierte ihren Kloß. Das Messer quietschte auf dem Teller. Herbert nahm ein zweites Bratenstück, und auch die anderen konzentrierten sich wieder auf das Essen.

Kaum war der Nachtisch verschlungen, mahnte Hans zum Aufbruch. Christa drängte ihre Familie auf den Flur hinaus, sammelte die mitgebrachten Hausschuhe ein und packte sie in die Reisetasche. Doch auf dem Hof blieb Hans stehen und verwickelte Herbert in ein Fachgespräch über den Putz, während die anderen umherstanden und den beiden zusahen, wie sie die Strukturen tätschelten.

Abschiedsworte flossen spärlich. Hände berührten sich kaum. Die Leipziger stiegen ins Auto und fuhren ab. Die

Kühns standen am Hoftor und winkten. Nur Grit fiel auf, dass die Winkbewegungen zu harmonisch aussahen, genau wie an ihrem achtzehnten Geburtstag. Danach hatten sich die Leipziger fünf Jahre nicht gemeldet.

Mein anderes Leben

Wer möchte nicht manchmal Teile seines Lebens ungeschehen machen, einfach auslöschen im Gedächtnis, im eigenen und dem der Mitmenschen? Leider ist es unmöglich. Wie ein Krake umschlingt uns die Vergangenheit, hält uns in ihren Armen gefangen und zieht uns in die Tiefe. Man kann nur Vergessen suchen, aus der Umgebung fliehen, in der alles geschah, sich gewissermaßen in Luft auflösen und als Unbekannter in einem neuen Lebenskreis Unterschlupf suchen.

Trotz aller Fluchtversuche lässt mich die Vergangenheit nicht los. Beharrlich greift sie nach mir und belästigt mich in der neuen Umgebung. So fern von den alten Orten finde ich kein Vergessen. Irgendwie möchte ich auch manches nicht vergessen, möchte an alte Geschehnisse anknüpfen, sie fortsetzen und gleichzeitig all die Lügen, den Verrat ungeschehen machen. Warum können wir nicht aus den Bruchstücken unseres Lebens einen besseren Entwurf zusammenfügen und diesen noch einmal leben?

Mein Dasein als Verräter begann Ende 1985. Ich wurde aus dem Unterricht zum Direktor gerufen. Er wartete in seinem Vorzimmer. Die Sekretärin war verschwunden. Der Direktor warf einen schüchternen Blick in sein Zimmer, winkte mich durch und schloss hinter mir die Tür. Am Schreibtisch des Direktors saß ein Mann. Ungefähr Mitte dreißig. Unauffällig gekleidet, glattes, nichtssagendes Gesicht. Leer, aber nicht unsympathisch. Man sah ihm an, dass er streng und konsequent sein konnte. So wie die meisten Lehrer.

Er sagte, dass er sich gern mit mir unterhalten wolle, und bot mir einen Platz an. Wir unterhielten uns eine Weile über die Schwicrigkeiten beim Übergang von der POS zur EOS. Er stellte ziemlich viele Fragen über unsere Klasse: ob wir schon ein Kollektiv seien, wer welche gesellschaftliche Funktion übernommen habe und ähnliches. Ich plauderte keine Geheimnisse aus. Jeder andere hätte ihm dasselbe erzählt.

Ich plauderte weiter, als es um meine persönliche Entwicklung ging, meinen Wunsch, Medizin zu studieren, ein Beruf, fernab der Familientradition, denn bereits meine Großeltern waren Neulehrer gewesen. Er lobte mein gesellschaftliches Engagement in der GOL und fragte, ob ich es richtig fände, mich nur für achtzehn Monate Wehrdienst zu verpflichten. Ich hätte zwar einen festen politischen Standpunkt und eine positive Einstellung zu unserem Staat, solle mir aber klar machen, dass der Staat sehr viel für mich tun würde, die Schulbildung, das Studium, das Stipendium, und ich ihm sehr wenig zurückgäbe. Er wolle mir einen Vorschlag machen. Er würde meine Hilfe brauchen.

Ich fragte, welche, und tappte in die Falle.

Er stellte sich als Leutnant Schneider vom MfS vor. Ich wunderte mich nicht. Ich wusste, dass das MfS zu unserer Gesellschaft gehörte. Irgendwie war seine Existenz selbstverständlich, obwohl ich nicht genau wusste, was sie überhaupt taten. Es war eben da.

Er sprach vom Dienst an der Gesellschaft. Es wäre meine Pflicht, ihm und damit der Gesellschaft zu helfen, wenn ich von unseren Zielen überzeugt wäre. Ich war überzeugt. Ich hielt unsere Gesellschaftsordnung für die fortschrittlichste. Seine Argumente fand ich einleuchtend und logisch. Ich wollte mithelfen, unsere Gesellschaft voranzubringen. Der Gedanke an niederträchtigen Verrat lag so fern. Es ginge darum, ein Stimmungsbild an der EOS einzufangen, Ursachen für Missstände aufzuspüren und Fehler so früh wie möglich zu korrigieren. Es sei doch ganz in meinem Sinne, wenn sich das gesellschaftliche Leben an der EOS verbessere.

Ich nickte.

Dann sprach er über negative Meinungen und Einflüsse und wurde konkreter. In diesem Augenblick hätte ich abspringen müssen, aber ich bin nicht aufgewacht.

Meine Freundschaft zu Kai aus der Parallelklasse interessierte ihn. Die Fragen prasselten auf mich ein: was ich über Kais Engagement in der Kirche wisse, ob er mich eingeladen habe oder darüber spreche, welche politische Meinung Kai vertrete, ob ich wisse, dass unter dem Mantel der Kirche feindliche Einstellungen gediehen, ob ich Kai nicht helfen wolle, auf den richtigen Weg zu kommen.

Ich nickte und tappte in die zweite Falle.

Schneider erläuterte, dass erst einmal geklärt werden müsse, welche Einstellungen Kai und die anderen Jugendlichen in der Gruppe hätten, ob der Pfarrer sie anstiftete, ob sie diese Meinungen an der EOS verbreiteten. Ob ich nicht einmal mit Kai zur Jungen Gemeinde gehen könnte.

Ich nickte ein drittes Mal.

Zwei Wochen später trafen wir uns in der FDJ-Kreisleitung. Ich gab zu Protokoll, was ich in der Jungen Gemeinde gehört hatte. Sie hatten über alles mögliche gesprochen, vor allem über Jesus und seine Bedeutung für unsere Zeit. Ich hatte mich schrecklich gelangweilt. Ich glaubte nicht an einen Mann, der sich im Irrglauben, Gottes Sohn zu sein, vor fast zweitausend Jahren ans Kreuz nageln ließ.

Schneider war mit meinem ersten Bericht nicht zufrieden. Er fragte nach, versuchte meine Worte in eine bestimmte Richtung zu lenken. Wäre nicht davon gesprochen worden, dass Jesus ein Revolutionär gewesen sei?

Ich verneinte. Schneider ermahnte mich, das nächste Mal die Ohren aufzuhalten, und verpflichtete mich zum Schweigen.

Ich ging noch mehrere Male mit Kai in die Junge Gemeinde. Er freute sich, dass ich endlich seine Interessen wenigstens verstehen wollte. Mit den anderen freundete ich mich ebenfalls an. Bald verlangte Schneider auch Berichte über sie. Ich sprach sie teilweise auf Tonband, teilweise schrieb ich sie nieder und beantwortete die Fragen, die er dazu hatte. Besonders interessierten ihn die Einstellungen zur Kirche, die Kritik des Pfarrers an der Schule, die Meinungen, die Kai in der Schule äußerte.

Über meine Tätigkeit für Schneider machte ich mir keine Gedanken. Ich tat, was er mir auftrug. Für mich gab es keinen Unterschied zu meiner Arbeit in der FDJ.

Schneider fragte mich, ob mir die Verpflichtung zum Schweigen zu schaffen mache. Er könne meine Eltern einweihen. Sie würden meine Tätigkeit bestimmt gutheißen.

Ich lehnte ab. Zu sehr hatten meine Mutter, die Frau Kreisschulrätin, und mein Vater, der Herr Schuldirektor, mein bisheriges Leben geprägt. Ich wollte Medizin studieren, um dem Lehrerberuf zu entfliehen. Ehrlich gesagt, wusste ich damals gar nicht, was im Studium und im Beruf auf mich zukommen würde.

Während der elften Klasse traf ich regelmäßig Schneider und ging regelmäßig in die Junge Gemeinde, meist eine ganz normale Runde junger Leute. Die Bibel und der Glauben spielten keine übergroße Rolle. Wir unterhielten uns über die Schule oder die Lehre, redeten von unseren Hobbys oder den Konflikten mit den Eltern.

Es war ein zweischneidiges Schwert. Motivierte mich Schneider damit, durch meine Besuche beim Pfarrer das gesellschaftliche Klima an der EOS verbessern zu können, geriet ich selbst ins Schussfeld der GOL-Sekretärin. Sie warf mir vor, keine klare Einstellung zu haben und unter den Einfluss der Kirche geraten zu sein. Ich schwieg und verteidigte mich nicht. Mit der Zeit beruhigte sie sich, weil ich in den FDJ-Versammlungen mit meinen Argumenten bewies, dass ich von unserer Gesellschaft überzeugt war.

Kai bewunderte mich, weil ich es schaffte, auf meinen Positionen zu beharren, obwohl er und seine Freunde mich ständig mit ihrem Glauben konfrontierten.

Seit der Kindergartenzeit ging ich im Hause von Kais Familie ein und aus. Sein Vater war ein bekannter Arzt. Die Borkenfelds waren seit Generationen Ärzte. Sie wohnten in

einem großen Haus, umgeben von einem Garten mit uralten Bäumen. In der ersten Etage und im Dachgeschoss hatte ihnen die Stadtverwaltung zwar Mieter hineingesetzt, aber trotz allem strahlten das Anwesen und die Wohnung eine bürgerliche Atmosphäre aus. Die Möbel, die Bilder an den Wänden, der liebevoll restaurierte Stuck und die Parkettböden zeugten von vergangenen Zeiten, als Kais Vorfahren zu den Honoratioren der Stadt gehört hatten.

Wie anders war unsere Wohnung im benachbarten Neubauviertel, das wie zum Hohn Wolkenrasen hieß. Eine genormte Wabe aus Beton, von meinen Eltern zweckmäßig eingerichtet und etwas vernachlässigt, da sie die meiste Zeit außer Haus verbrachten. Nach der Arbeit zerrieben sie sich in den verschiedensten gesellschaftlichen Organen.

Kais Mutter nahm mich wie einen Sohn auf und bemutterte mich, wie ich es zu Hause nie erlebt habe. Meinen Eltern gefiel die Freundschaft überhaupt nicht, und doch erreichte ich in der ersten Klasse, dass sie mich vom Schulhort abmeldeten und ich nachmittags mit Kai das riesige Haus und den Garten erkunden durfte. Wir teilten vieles, und trotzdem hatte jeder sein eigenes Reich. Während ich bei den Pionieren war, ging er in die Kirche und schwänzte den Pioniernachmittag.

Seit langer Zeit wusste ich, dass Kai log, wenn er immer wieder erklärte, drei Jahre zur Armee gehen zu wollen. Sein Studienwunsch Mathematik sollte ihm zusammen mit dieser Absichtserklärung einen Platz auf der EOS verschaffen. Im letzten Augenblick würde er mit der Überraschung herausrücken. Achtzehn Monate NVA und Medizin. Ich schwieg all die Jahre. Irgendetwas bewahrte mich davor, Kais Absichten Schneider oder jemand anderem mitzuteilen. Insgeheim wusste ich, dass ich damit Kai schaden und seine Zukunft zerstören könnte. Es war wohl die Freundschaft aus Kindertagen. Vielleicht auch ein Instinkt, dass der Lebensweg mancher Leute nicht so glatt und aufwärts verlaufen würde wie mein eigener, weil sie an den Mauern um uns herum, die ich nicht wahrnahm, die aber auch in meinem Unterbewusstsein existierten, anstießen und sich verletzten.

Monatelang wanderte ich auf dem schmalen Grat zwischen Verrat und Loyalität, fühlte mich nach der einen Seite hingezogen, während mein Verstand und mein Klassenbewusstsein die andere Seite für die richtige hielten. Aus meiner Sicht waren es Belanglosigkeiten, die ich Schneider berichtete und für ihn niederschrieb. Heute weiß ich, wie naiv und gutgläubig ich damals war. Es waren eben jene Kleinigkeiten, die andere Leute ins Unglück stürzten. Aus vielen kleinen Berichten von allen Seiten setzte Schneider ein Mosaik zusammen, dass die feindlich-negativen Erscheinungen offenbarte, die er sehen wollte.

Im August 1986 wurde ich achtzehn. Schneider eröffnete mir, dass ich nunmehr meine Verpflichtung schriftlich erklären und damit meine positive Einstellung zu unserem Staat manifestieren müsse. Ich tat es und schrieb, was er mir diktierte, von Verwirklichung unserer Ziele, von Berichten über störende Erscheinungen beim Aufbau des Sozialismus, von der positiven Beeinflussung negativ eingestellter Personen.

Anfang der zwölften Klasse begann die Geschichte mit Grit. Auf einmal lagen unsere Hände ineinander, als unsere Klasse das Kino verließ. Ohne ein Wort verlangsamten wir unsere Schritte, bis die Straße dunkel und die Mitschüler weit entfernt waren und ich über sie oder sie über mich herfallen konnte.

Sie war keine Schönheit, besser gesagt, eine Schönheit, die man erst auf den zweiten Blick erkannte. Sie fiel nicht auf, weil sie sich unauffällig machte, doch sie zog jeden in ihren Bann der sie ein zweites Mal ansah. Nachdem ich ein Jahr lang an ihr vorbeigelaufen war, verfiel ich ihr im letzten Schuljahr. Zunächst dachte ich, sie wäre nur am Sex interessiert. Es war etwas völlig Neues für mich, dass man sich dem anderen so ausliefern konnte, mit Haut und Haaren. Anfangs war ich völlig verrückt nach ihr und vernachlässigte alles andere. Gleichzeitig verschreckte mich ihre Maßlosigkeit, und ich verbarg unsere Beziehung vor aller Augen.

Nach einigen Wochen loderte das Feuer nicht mehr lichterloh, doch die Flammen verbrannten uns weiter. Wir trafen uns so oft es ging, an Orten, an denen uns kein Bekannter zusammen sehen konnte, und ohne über den nächsten Tag zu sprechen.

Irgendwie war sie nicht die Frau, mit der man über die Zukunft sprach. Vielleicht vermied ich auch, von der Zukunft zu sprechen, weil ich ahnte, dass sie nicht die geeignete Partnerin für meinen Lebenslauf war. Ihre Herkunft, ihre Distanz zu allem, ihre beschränkten Eltern, die ich mir nicht als Schwiegereltern vorstellen konnte. Sie war auf den ersten Blick ein Mauerblümchen, blass, unauffällig, stumm, uninteressant, meinungslos.

Als ich sie beim Klassentreffen wiedersah, erschrak ich über ihre Veränderung. Sie war sehr attraktiv und selbstbewusst geworden, während die, die damals anziehend waren, schon verblüht waren und zehn Jahre älter aussahen. Sie zog mich abermals in ihren Bann, weil sie so anders war, wenigstens nach außen. Ich durchschaute allerdings schnell, dass es nur das Blendwerk war, das alle Wessis als Schutzschild vor sich her tragen.

Trotz aller Versuche, die Beziehung, das Verhältnis oder was immer es war zu verbergen, war Schneider bald im Bilde. Damals war gerade die Geschichte mit der Wandzeitung zum Republikgeburtstag passiert. Olaf hatte seinem Vater, dem Volkskammerabgeordneten, alles erzählt. Die Sache schlug Wogen bis hoch in die Bezirksleitung. Selten wurde an einer EOS die Objektivität der sozialistischen Presse bezweifelt. Daniel war der Wortführer gewesen, und Grit hatte fleißig mitgemacht.

Es war noch in den Tagen der ersten Verliebtheit. Ich hatte schweigend zugehört, so erstaunt war ich über Grits Wortmeldung gewesen. Ich glaube, an jenem Tag begann ich ihre andere, sorgfältig verborgene Seite kennen zu lernen. Bis dahin hatte ich gedacht, sie wäre ein gedankenloses Wesen und hätte außer mir und den logischen, eindeutig erklärbaren und berechenbaren Naturwissenschaften, die nur Schwarz und Weiß kannten und keine Zwischentöne, die das Leben schwer machten, nichts im Kopf.

Obwohl wir uns bereits für unser unüberlegtes Tun entschuldigt hatten, wollte Schneider noch einen Bericht über den Vorgang haben. Ich schrieb ihn bereitwillig, wusste ich doch, dass er längst alles aus einer anderen Quelle erfahren hatte.

Bei der Übergabe fragte er mich nach meiner neuen Freundin. Es sei wohl offensichtlich, dass sie ihren Mund zu weit aufgerissen und dass ich sie nicht im Griff habe. Mir verschlug es die Sprache, hatte ich doch mein möglichstes getan, die Beziehung geheim zu halten.

Ich schämte mich, ich versank fast in den Boden, als Schneider sagte, er wisse, warum ich hinter Grit her wäre.

Er redete mir ein schlechtes Gewissen ein, zumindest Gedankenlosigkeit. Ich hatte mir wirklich noch nie Gedanken über andere Dinge in Grits Leben gemacht. Ob ich denn wisse, aus welchen Verhältnissen sie komme, wie ihre gesellschaftliche Einstellung sei. Ich zuckte mit den Schultern, sagte, sie rede kaum. Eben, das sei das Problem, erwiderte Schneider. Ich solle jetzt nicht vor Liebe blind werden, wenn es überhaupt Liebe sei, und meine Augen vor der Tatsache verschließen, dass Grit negativ eingestellt sei. Er wollte mehr über sie wissen, und ich erzählte, während das Tonband lief.

Schneider genügte das nicht. Er gab mir einen neuen Auftrag. Schließlich wolle Grit Physik studieren. Es sei nicht auszuschließen, dass sie einmal in sicherheitsrelevanten Bereichen beschäftigt werden würde. Er müsse sichergehen, dass sie später nicht den Einflüsterungen des Feindes erliege und Geheimnisse verrate.

So begann ich, Grit auszuhorchen. Ich redete mit ihr. Sie schien richtig aufzublühen und plauderte drauf los, alles mögliche über Westfernsehen und Westverwandte, über Besuche ihrer Mutter im Westen. Über unsere Presse, ihr Lieblingsthema. Sie redete und redete, und wie sie redete, sie redete sich um Kopf und Kragen. Ich hatte vorher gar nicht gewusst, wie wenig manche Leute mit unserem Staat einverstanden waren. Sie lachte über das Geführtwerden, über die einzig wahre Meinung der Partei, von der keiner abweichen durfte, über die Lächerlichkeit der Phrasen, die wir in der Schule von uns gaben.

Irgendwie säte sie die zarte Pflanze des Zweifels in mir. Sie schaffte, was Kai nicht geschafft hatte, weil ich bei ihm alles auf den Glauben geschoben hatte. Ich fragte mich, ob ich wirklich auf der richtigen Seite stände, ob nicht Schneider falsch läge mit seiner Schwarz-Weiß-Malerei.

Trotzdem verfasste ich den Bericht über Grit, nachdem Schneider mich wochenlang bedrängt hatte und ich immer mit der Ausrede ausgewichen war, dass meine Informationen über Kai und die Junge Gemeinde wichtiger seien. Er bestand darauf. Grit müsse wegen ihrer späteren Tätigkeit frühzeitig überprüft werden. Vielleicht müsse man verhindern, dass sie den Studienplatz überhaupt erhielt, und sie nach der Ablehnung auf ein anderes, ungefährliches Fach umlenken.

Ich schrieb deshalb nur Sachen, die Grit nicht schaden konnten, die in meinen Augen harmlos waren. Mir war klar, dass ich sie nicht zu positiv darstellen konnte. Ich schien nicht der einzige zu sein, der über sie berichtete. Ich versuchte mein Bestes. Natürlich musste ich ihre Distanziertheit gesellschaftlichen Belangen gegenüber erwähnen. Ich versuchte aber zu unterstreichen, dass sie keine Gefahr für die Gesellschaft sei, dass sie danach strebe, ihren Platz in unserer Gesellschaft zu finden, da es für sie keine andere Alternative gebe. Sie wolle wissenschaftlich arbeiten und von gesellschaftlichen Aktivitäten verschont bleiben. Natürlich sei dies ein Mangel. Ihre

Einstellung zum Staat sei nicht besonders ausgeprägt. Ihre Schwierigkeiten, eine klare Meinung zu äußern, führte ich darauf zurück, dass in ihrem Elternhaus kein Klassenstandpunkt ausgeprägt war. Ich hoffte, dass in einer positiveren Umgebung, dieser Einfluss abgeschwächt werden könne.

Wochenlang saß ich auf Kohlen, vernachlässigte sogar die Treffen mit Grit und war erleichtert, als wir im März beide unsere Studienzulassungen erhielten.

Unsere Beziehung war nach wie vor ein großes Versteckspiel. Ich fand Gefallen daran, zwei heimliche Leben neben meinem offiziellen zu haben. Dennoch war meine Beziehung zu Grit bald ein offenes Geheimnis. Sie hatte mich wohl zu oft auf dem Schulhof angehimmelt, und unsere Briefchen konnten nicht ewig unbeobachtet bleiben.

Mir war es ganz recht, dass die Sache meinen Eltern verborgen blieb. Ich wollte keine Diskussionen darüber, dass ich eine Handwerkertochter anschleppte, die keine Ahnung von höherer Bildung hatte und alle Tage wie ein Aschenputtel herumlief.

Irgendwann kam ich mit den drei Leben nicht mehr klar. Das Abitur rückte näher. Wegen Grit vernachlässigte ich Kai und konnte nichts über ihn berichten. Über Grit wollte ich nicht berichten. Ich behauptete, ich könne nichts mehr zur Überprüfung ihrer Eignung zum Studium beitragen. Schneider war sehr unzufrieden mit mir.

Zu der Zeit bekam ich obendrein Schwierigkeiten mit meinem Vater. Er bemerkte endlich, dass der zweite Schlüssel zur Datsche fehlte. Ich konnte mich nicht mehr mit Grit treffen.

Alle forderten nur von mir: Grit, Schneider, die Schule, sogar Kai, der sauer war, dass ich immer weniger Zeit für ihn hatte und ihn kaum noch zu Hause besuchte.

Ab Ende April traf ich Grit nicht mehr, wegen der Abiturprüfungen. Nur einmal ließ ich mich dazu überreden, bei ihr zu übernachten, als ihre Eltern weggefahren waren, was mir riesigen Ärger mit meinem Vater einbrachte. Zum ersten Mal wurde ich laut. Ich schrie, ich wäre längst achtzehn. Es könne ihm doch egal sein, mit wem ich verkehre. Darauf entgegnete er, eben nicht, ich solle an meine Zukunft denken.

Das Abitur war meine Rettung. Ich war den ganzen Ärger los. Ich ging nicht einmal zum Abiball. Ohne ein Wort verschwand ich aus Kais und Grits Leben. Ein Glück, dass wir die Studienbewerbungen weggeschickt hatten, bevor ich etwas mit ihr anfing. Sonst hätte sie sich vielleicht an derselben Universität beworben wie ich.

Irgendwie hatte ich sie auch über. Ihre Gier war unerschöpflich. Sie klammerte sich an mich, als ob ich ihr Heil wäre. Erst später habe ich begriffen, dass es wenige Frauen gibt, die wie sie sind. Sie war mir so nah, und doch ließ sie mich unbehelligt mein Leben leben, weil sie ihr eigenes nicht verlieren wollte. Sie forderte nichts, wenn ich sie aus meinen Umarmungen entlassen hatte. Niemals stellte sie unangenehme Fragen, niemals stellte sie Ansprüche an die Zukunft. Sie hatte nur Ansprüche im Heute.

Ich habe auch Kai aus den Augen verloren. Er war in einer anderen Einheit und studierte danach in einer anderen Stadt. Die Enthüllung seiner wahren Zukunftspläne war gar kein so großer Skandal gewesen, wie er befürchtet hatte. Ich glaube, das Wehrkreiskommando war insgeheim froh, dass einer wie Kai, der sich zwischen Kirche und FDJ nicht entscheiden konnte, nicht Unteroffizier wurde. Ein paar mal hat er noch bei meinen Eltern angerufen und nach mir gefragt. Dann ist der Kontakt endgültig eingeschlafen. Heute wird er wissen warum.

Während der Armeezeit schrieb ich weiter Berichte. Ich umging alles Belastende, Auslegbare und kam gut über die Runden. Während der ganzen Zeit vermied ich, irgend jemanden zu nahe zu kommen oder gar Freundschaft zu schließen. So ergab es sich ganz von selbst, dass ich wenig zu berichten hatte. Die Kontakte wurden spärlicher, schliefen jedoch nicht ein, wie von mir erhofft. Ich konnte nicht einfach aussteigen. Der Druck war zu stark.

Ständig wurde ich von Zweifeln gequält, ob das, was ich tat, immer noch richtig war. Vor meinem ersten Treffen mit Schneider war alles für mich gut und schön gewesen, und ich wollte mithelfen, die letzten Schwächen in unserer Gesellschaft auszumerzen, uns weiter auf unserem historischen Weg voranbringen. Meine Begeisterung erlahmte zusehends, wegen der Bedenken, die vielleicht nie entstanden wären, wenn mir durch meine Tätigkeit nicht eine neue, versteckte Welt eröffnet worden wäre. Hätte ich nur weiter den Kopf über Kais Glauben geschüttelt, wäre ich der Jungen Gemeinde weiterhin ferngeblieben, hätte ich nie mit Grit geredet, sondern sie nur wortlos geliebt, alles wäre viel klarer, eindeutiger geblieben. Keine dunklen Schatten hätten sich über mein Leben gelegt. Achtzehn Monate waren eine lange Zeit zum Nachdenken.

Zwischen dem Ende meiner Armeezeit und dem Beginn meines Studiums machte ich ein Praktikum an einem Krankenhaus hier in der Stadt. Sie versuchten, mich weiter einzuspannen. Ich bekam einen neuen Führungsoffizier. Er fand keinen Draht zu mir. Ich war erwachsen geworden und eingetaucht ins Medizinermilieu. Im September 1989 begann ich mein Studium. Das Land lag im Sterben, die Kontakte schliefen endlich ein, und dann befreite mich die Wende.

Am Anfang empfand ich es als Erlösung. Ich atmete auf und vergaß für eine Weile, was geschehen war, bis das ständige Gerede von den Akten überhand nahm. Es kostete mich mehr und mehr Kraft, alles zu verdrängen. Doch ich glaube, dass ich es geschafft habe. Ich habe keinen Kontakt zu den Leuten aus alten Zeiten. Ich bin weit weg von meiner Heimatstadt. Ich werde nie zurückkehren.

Einen Freund wie Kai habe ich nie wieder gefunden, und eine Frau wie Grit lebt nur in meinen Träumen mit mir. Meine

Vergangenheit wird wohl in mir lebendig bleiben, so lebendig wie meine Schuld.

Immer wieder habe ich versucht, mir vorzustellen, wie es wäre, wenn ich mich bei allen entschuldigen würde. Unmöglich. Ich habe nicht die Kraft dazu. Wie soll ich meinen Verrat rechtfertigen? Jugendliche Naivität? Kommunistischer Irrglauben? Werden sie mich nicht auf ewig verdammen?

Ich versuche, nicht daran zu denken, hoffe, dass die Berichte verschwunden sind oder nie gelesen werden.

Als ich Grit wiedersah, war ich so von ihr gefangen wie damals in der zwölften Klasse, als ich zum ersten Mal genauer hinschaute, den zweiten Blick riskierte. Ich vergaß einfach, dass da mehr gewesen war, und sie schien es nicht zu wissen.

Wenn ich eines in der Jungen Gemeinde gelernt habe, dann ist es die Tatsache, dass Gott nicht existiert und somit keine Sünden vergeben kann. Und niemand ist ohne Fehl und Tadel, und nur wer ein reines Gewissen hat, der werfe den ersten Stein.

Die Leute lügen, wenn sie behaupten, dass sie schon damals gewusst hätten, dass wir in einem Unrechtsstaat lebten. Jedem wurde von Kindesbeinen an das Gefühl gegeben, in der richtigen Gesellschaftsordnung aufzuwachsen, in einer Gesellschaft, in der es gerecht zuging. Alles zum Wohle des Volkes eben. Die Augen waren verkleistert, die Ohren verstopft, das Gehirn betäubt. Erst die Wende hat mich sehend gemacht. Ich sehe heute die Fehler des neuen Systems, während ich damals alles gut und richtig fand. Ein zweites Mal wird es mir nicht passieren, dass ich mich von schönen Versprechungen einlullen lasse.

Ich blicke jetzt vorwärts, arbeite hart an meiner Zukunft, versuche, meine Verfehlungen wieder gut zu machen, indem ich an den Körpern der Menschen heile, was ich in ihren Seelen kaputtgemacht habe. Aber bestimmte Dinge aus der Vergangenheit lassen sich nicht verbannen.

Manche möchte ich auch nicht verbannen. Wie lange habe ich mich gezwungen, nicht zum Klassentreffen zu gehen, um dann überstürzt hinzufahren, zu spät zu kommen und von der ersten Minute an nur Augen für Grit zu haben.

Es gibt diese seltenen Momente im Leben, in denen du denkst, noch einmal alles anders machen, die Vergangenheit einfach auslöschen zu können. Das war einer von diesen. Alles schien vergessen, und tausend Türen standen offen. Es war wie ein Rausch. Ohne nachzudenken, stürzte ich mich aufs Neue in alte Abenteuer.

Das Aufwachen am nächsten Tag glich einem Kater. Ich wunderte mich nicht, dass sie mich ohne ein Wort zurückgelassen hatte, und wollte es doch nicht wahrhaben. Ich rief sie an. Sie legte immer auf. Irgendwann kam ich zur Besinnung und ließ sie in Ruhe.

Demnächst werde ich heiraten, eine Kollegin. Es ist nicht die große Liebe, aber ich glaube, ab einem gewissen Alter sollte man nicht mehr allein sein. Schutz vor Einsamkeit gewissermaßen. Sie hat eine entfernte Ähnlichkeit mit Grit. Das fiel mir erst nach Monaten auf, als es bereits zu spät war. Irgendwie wird meine Vergangenheit mich nie loslassen, aber ich habe mich arrangiert.

Bald werde ich Vater. Es wird ein Junge. Das macht mir manchmal Angst. Werde ich es schaffen, ihm einen kritischen Verstand einzuimpfen, verhindern können, dass er alles selbstverständlich hinnimmt und sich missbrauchen lässt, Dinge tut, die später in einem anderen Licht als verwerflich erscheinen werden, und Menschen verletzt, die er eigentlich liebt?

Kollegen

Iris rieb sich die Augen und vertrieb die Dämonen der Nacht. Sie schaute lange ihr Spiegelbild an. Während sie den Scheitel im strähnigen, schwarzen Haar nachzog und ein paar Pickel auf ihrer blassen Stirn ausdrückte, überzog ein feiner Schleier den Spiegel und gaukelte ihren grünlich-grauen Augen ein wunderschönes Bild vor. Ihre Augen strahlten ihr nun wie Smaragde entgegen. Ihr Haar glänzte tiefschwarz im Licht der Badezimmerlampe und umschmeichelte ihr wohlproportioniertes Gesicht. Ihre Haut leuchtete im zarten Schimmer des Schleiers glatt und makellos.

Gut sah sie aus. Niemals würde sie sich an Thomas verschenken. So ein scheußlicher Traum: Thomas war plötzlich aufgetaucht, hatte eine Frau, die ihr verblüffend ähnelte, vom Klavier weggezogen und war stundenlang mit dieser Frau durch eine alte Villa getanzt. Schwerelos hatte das Paar seine Runden durch alle Zimmer gedreht, ohne an die dunklen, antiken Möbel zu stoßen. Ein kalter Schauer lief ihr den Rücken herunter, als sie sich daran erinnerte, dass sie wehrlos in seinen Armen gelegen hatte.

Erneut rieb sie sich die Augen und verscheuchte die Bilder. Niemals! Was bildete er sich nur ein? Sogar den Weg in ihre Träume hatte er gefunden. Dabei hatte sie ihm tausendmal deutlich gezeigt, dass sie sich nicht für ihn interessierte.

Erst gestern hatte sie mit Lisa ein Täuschungsmanöver durchgeführt, um ihm zu entkommen. Nach dem Mittagessen hatte er wie immer gefragt, ob sie raus gingen. Sie verneinten beide zugleich, wie sie es am Vormittag abgesprochen hatten. Dann ginge er eben alleine, entgegnete er. Fast eine halbe Stunde schlichen sie und Lisa abwechselnd an seiner Bürotür vorbei und sahen nach, ob er bereits gegangen war. Thomas telefonierte mit verschiedenen Leuten, bevor er auf dem Weg nach draußen einen Kontrollblick in ihre Büros warf und sich vergewisserte, dass die beiden ihn nicht angelogen hatten. Als sie sich letzten Endes nach draußen wagten, lief er ihnen trotz aller Vorsichtsmaßnahmen im Rewe über den Weg und schaute beleidigt weg. Die beiden Freundinnen mussten sich das Lachen verkneifen.

Als Iris ihn später wegen irgendeiner Kleinigkeit anrief, hob er kurz den Hörer hoch und knallte ihn wieder hin. Ständig spielte er die beleidigte Leberwurst. Als ob sie ihm etwas schuldig sei. Auf seine Auskünfte war sie nicht angewiesen. Wenn es nach ihr ginge, könnte er in seinem Büro versauern.

Nach Phasen des Beleidigtseins nervte er besonders. Dann stand er stundenlang in ihrem Büro, hielt endlose Monologe und ließ sich weder durch Anrufe noch durch gespielte Geschäftigkeit vertreiben. Auch wenn sie heftig auf die Tastatur einhämmerte, sich verbissen auf den Bildschirm konzentrierte und ihm angestrengt vorspielte, dass sie nicht zuhörte, weil sie andere Dinge im Kopf habe, ignorierte er einfach ihren Eifer, hielt sie weiter von der Arbeit ab und berieselte sie mit Nichtigkeiten. Was interessierte sie seine Kindheit und Jugend in Ostdeutschland? Das machte sein langweiliges Leben auch nicht interessanter. Es gab tausend Städte in Deutschland, die schöner waren als Dresden, von dessen vermeintlicher Pracht er stundenlang schwärmte. Nie würde sie dorthin fahren und sich graue, sozialistische Betonbauten ansehen. Vor einiger Zeit hatte sie im Fernsehen die Dresdener Flaniermeile gesehen. Ein schrecklicher Anblick. Natürlich verstand sie, dass er seine Heimatstadt schön fand, aber das musste er nicht täglich stundenlang in ihrem Büro erörtern.

Vor einem Vierteljahr hatte sie sogar die Teilnahme an einer Tagung in Dresdenabgesagt, obwohl sie sehr stolz gewesen war, dass Kathrin ausgerechnet sie als Begleitung ausgesucht hatte.

Wollte Thomas durch seine unaufhörlichen Monologe erreichen, dass sie sich endlich für ihn interessierte? Dazu benötigte er besseren Gesprächsstoff als seine Standardthemen. Was interessierte sie der längst untergegangene Osten, sein verregnetes Urlaubsland Irland oder der verrückte Kafka?

Bevor er jedoch über andere Themen nachdachte, sollte er zunächst vor den Spiegel treten und sich genauer betrachten. Er hatte die dreißig vor Ewigkeiten überschritten. Das Haar über der Stirn fiel aus, und an den Seiten wurde es grau. So einen sollte sie anziehend finden? Ein Witz! Hatte er keinen Spiegel zu Hause?

Sie musterte ihr Spiegelbild und fand nichts daran auszusetzen. Jeden könnte sie haben, wenn sie nur wollte. Nur ihre hohen Ansprüche waren schuld daran, dass sie seit Jahren allein war. Man fand nicht ohne weiteres einen Mann, der wie sie Mitte zwanzig war, gut aussehend, studiert, Informatik oder Naturwissenschaften, mit exzellenten Noten natürlich, und mit einen guten Job. Außerdem sollte er Klavier spielen. Thomas hackte nur auf der Tastatur seines Computers herum. Ein Langweiler, der beruflich nichts erreicht hatte, seit acht Jahren in der Softwareentwicklung, und nach wie vor auf der untersten Stufe, während sie schon nach einem Jahr bei Ellmore Briggs mehrere Programmierer betreute.

Hoffentlich würde er heute noch ein bisschen die Beleidigten-Nummer aufführen, damit sie ihre Ruhe hatte. Wenn es ihn nicht gäbe, wäre alles wunderbar.

Auf dem Weg zur Arbeit befiel ihn das morgendliche Grauen. Seit Monaten verspürte er keine Lust, ins Büro zu fahren. Die Arbeit war ihm gründlich verleidet. Er erinnerte sich genau, wann diese Unlust von ihm Besitz ergriffen hatte. Es war wenige Wochen, nachdem Iris gekommen war. Anfangs hatte sie den Kollegen gierig Informationen entrissen, geduldig zugehört, lächelnd und übereifrig zugestimmt. Doch nach kurzer Zeit glaubte sie durchzublicken, hatte sich aufs hohe Ross geschwungen und beherrschte seitdem die gesamte Abteilung. Alles wusste sie besser. Die meisten Dinge hatte sie geändert und unter ihre Kontrolle gebracht. Keiner entging ihr.

Mit Zuckerbrot und Peitsche, mit gespielter Nettigkeit und leisen Drohungen hatte sie alle um sich versammelt und schaute nun auf die Kollegen herab, ohne dass diese erkannten, dass sie ihr zu Füßen lagen, ihr mehr oder minder freiwillig zu Diensten waren und von ihr in die Richtung getrieben wurden, in die Iris in ihrer Herrscherpose wies. Alle fanden Iris großartig.

Wenn Kathrin verreist war, spielte Iris Chefin. Kathrin merkte nicht, was vor sich ging. Kampflos hatte sie sich in der Menge unter Iris' hohem Rosse eingefunden. Sie fand gut, was Iris tat. Geschickt hatte Iris sich Kathrins Vertrauen erschlichen, ihr die verständnisvolle Mitarbeiterin vorgespielt und sich durch unzählige Liebesdienste unentbehrlich gemacht. Kathrin wusste nicht mehr, wie das von der Abteilung entwickelte System funktionierte, so gründlich waren Iris' Änderungen gewesen. Iris war die einzige, die noch den Überblick hatte, zumindest glaubte sie das.

Thomas zweifelte nicht daran, dass Iris etwas von ihrem Fach verstand. Das war wahrscheinlich die Ursache für ihre verfluchte Arroganz. Sie glaubte, dass nur sie die Sachen richtig machte, dass die anderen Nichtskönner seien. Vor allem Thomas. Ausdauernd versuchte sie, ihn bei den anderen Kollegen unbeliebt zu machen. Gestern in der Mittagspause hatte sie ihm wieder einen Streich gespielt. Früher hatte er sich so gut mit Lisa verstanden. Immer waren sie in den Mittagspausen zusammen unterwegs. Er hasste es, allein ohne Unterhaltung über die Einkaufsmeile des Viertels zu trotten. Jetzt hatte Iris ihn von Lisas Seite verdrängt und duldete ihn nicht länger. Was bildete sie sich ein?

Dass sie klug war? Dass sie schön war? Lächerlich. Vermutlich hatte sie noch nie ihr plattes Gesicht mit den verwaschenen Augen im Spiegel betrachtet und die zahlreichen rote Flecken rund um die ausgedrückten, vernarbten Pickel bemerkt. Das schwarze, fettige Haar fiel ihr ungebändigt ins Gesicht. Vermutlich war ihr noch nie aufgefallen, dass sie ein paar Pfund zuviel wog und wie eine Ente, ihre ungesund wirkende, riesige Oberweite vor sich her schiebend, durch die Gänge watschelte.

Wie gut, dass er morgen in Urlaub fuhr und das ganze Irrenhaus für drei Wochen vergessen konnte. Wie froh wäre er, wenn er es für alle Zeiten vergessen könnte.

Thomas war bereits über zwei Wochen weg. Wie schön war es ohne ihn im Büro! Keiner machte ihre wunderbaren Ideen schlecht. Alle fanden sie genial. Kathrin ließ Iris schalten und walten, ohne dass sie von Thomas' skeptischen Bemerkungen verunsichert wurde. Warum konnte es nicht immer so sein?

Die Mittagspausen verbrachte Iris mit Lisa, ohne vorher lügen zu müssen. Niemand zwang sie zu unwürdigen Handlungen. Schon zwei Wochen lang hatte sie sich nicht im Rewe hinter Regalen oder in Hauseingängen versteckt. Ach, würde er nur ewig im Urlaub bleiben!

Sie wäre vollkommen zufrieden gewesen, wenn nicht diese merkwürdige Anzeige am Wochenende in der Zeitung gestanden hätte. Sie las gern die Seite, auf der sich Leute suchten oder andere grüßten, und unterhielt sich mit Lisa darüber. Gestern hatte sie es nicht getan. In der Zeitung hatte gestanden: *Meine Regenbogenfrau, ich hüte dich wie meinen Augapfel. Dein Pianist.*

Pianist war ihr derzeitiges Passwort. Sie war sich sicher, dass sie es niemanden mitgeteilt hatte. Vielleicht hatte Thomas es erspäht, während er einen seiner Monologe hielt. Er kannte zudem ihre Vorliebe für diese Zeitungsseite. Oft genug hatte er sich angeschlichen und die Unterhaltungen zwischen ihr und Lisa belauscht.

Ich hüte Dich wie meinen Augapfel. Das klang wie: Ich belausche dich, ich beobachte dich, ich verfolge dich.

Iris sah sich um. Sie war allein. Sie stand auf und schaute zur Tür hinaus. Niemand auf dem Gang.

Ich verfolge dich, ich isoliere dich, ich greife dich.

Thomas trieb unaufhörlich einen Keil zwischen sie und Lisa. Auch bei den anderen schwärzte er Iris an, um sie in seine Arme zu treiben. Und wie beleidigt er immer war, wenn sie mit Lisa wegging.

Das Telefon klingelte. Iris schauderte. Dann nahm sie ab und atmete auf. Kathrin bat sie zu sich in ihr Büro.

„Iris, wir haben ein Problem."

„Welches? Was kann ich für dich tun?"

„Die Listen für die Auswertungen laufen nicht. Irgendwie greifen sie auf die falschen Tabellen zu. Es ist Thomas' Datenbank, aber er ist im Urlaub. Kannst du dich darum kümmern?"

„Kein Problem. Ich erledige das sofort."

In ihrem Büro begab sie sich sofort auf Fehlersuche. Die Datenbank war ein einziges Chaos. Alle Sätze wurden doppelt abgelegt. Die Verschachtelung in Tausende von Tabellen war eine ungeheure Verschwendung von Speicherplatz. Chaotisch. Kein Wunder, dass die anderen den Überblick verloren, dass das Auswertungsprogramm die falschen Werte abfragte. Bestimmt hatte er einfach drauflos programmiert, statt zuerst das Datenmodell zu entwerfen, wie man es als Informatiker lernte. Sie würde Ordnung schaffen. Das würde eine lange Nacht werden.

Der Beginn nach dem Urlaub fiel ihm schwer. Er hatte sich aus dem Bett gequält. Wie er diese Arbeit hasste! Nein, nicht die Arbeit, sondern nur die Umgebung und besonders eine Kollegin. Wenn er nur an sie dachte, verkrampfte sich sein Magen, und er fühlte, dass sein Frühstück auf dem Wege zurückkehren wollte, auf dem er es eben verschlungen hatte.

Etliche Male wollte er dem unerträglichen Bürodasein entfliehen und hatte sich bei verschiedenen Firmen beworben. Keine wollte ihn haben. Er war Mitte dreißig, mit veralteter Ausbildung und hatte keinen, noch so kleinen Aufstieg in den acht Jahren seines Berufslebens geschafft. Nie hatte er ein Projekt geleitet. Er war zu alt. Nur wenn er auf einen Teil seines Gehaltes verzichtete, würde ihn wahrscheinlich eine andere Firma nehmen. Doch wegen Iris wollte er nicht seinen Lebensstandard senken.

Er stahl sich an der Tür zu ihrem Büro vorbei. Manchmal steuerte er schon am Morgen hinein und plauderte mit ihr. Ein unnützes Unterfangen, sie irgendwie von sich zu überzeugen, sich in ein günstigeres Licht zu stellen, sich einzuschmeicheln, wie es die anderen taten. Er hasste sich dafür. Hatte er es denn nötig, sie davon zu überzeugen, dass er mehr war als ein Programmierer, den sie herumkommandierte? Irgendwie zog es ihn täglich in dieses Büro. Irgendwie musste er seine Existenz rechtfertigen, sein Leben bunter darstellen: Irlandkenner, belesener Weltenbummler mit Erfahrungen aus zwei verschiedenen Gesellschaftssystemen, der sich in einer völlig neuen Welt eingelebt hatte. Oft genug bereute er die Unterhaltungen, denn so lieferte er ihr die Munition, mit der sie nach ihm schoss.

In seinem Büro sortierte er die Post, während der Computer hochfuhr. Wie immer hatte er in seiner Abwesenheit wenige Emails erhalten. Als erstes schaute er sich seine Datenbank an und überprüfte, ob alles in Ordnung war. Er konnte sein Werk nicht wiedererkennen. Irgend jemand hatte das Datenmodell vollständig geändert. Bald entdeckte er, dass die Schnittstelle zur Notfallsteuerung nicht mehr funktionierte. Sein Herz schlug heftig. Er atmete schneller und lief in Kathrins Büro.

Sie saß am Schreibtisch und studierte Kostenpläne.

„Was ist mit meiner Datenbank passiert?"

Kathrin schaute nicht auf.

„Ach, bist du wieder da? Guten Morgen."

„Guten Morgen, Kathrin."

„Es gab Schwierigkeiten beim Lesen der Tabellen durch die Auswertungsprogramme. Da hat sich Iris mal rangesetzt. Jetzt funktionieren sie."

Kathrin nahm den Telefonhörer und wählte eine Nummer. Thomas stand mit offenem Mund immer noch neben ihr. Sie schaute auf, runzelte die Stirn, hob ihre Hand und zeigte kurz zur Tür.

Thomas ging und verschwieg vorerst, dass Iris die Notfallsteuerung außer Betrieb gesetzt hatte. Vor ihrem Büro blieb er stehen. Sie saß bereits an ihrem Computer. Er zögerte, stand eine ganze Weile in der Tür. Plötzlich drehte sich Iris zur Seite und sah ihn an: „Morgen, warum stehst du denn in der Tür herum?"

Er ging hinein.

„Guten Morgen. Ich möchte nur wissen, was in meiner Datenbank geändert wurde."

Iris grinste. Obwohl sie saß und er stand, schaute sie auf einmal von oben herab auf ihn. Thomas fühlte, wie er schrumpfte.

„Es gab Probleme, und du warst nicht da. Ich habe ein paar Nächte geopfert und die Datenbank vom Kopf auf die Füße gestellt. Guck doch einfach mal die Strukturen durch, dann wirst du sehen, wie es richtig gemacht wird. Es waren ja soviel überflüssige und unübersichtliche Dinge darin, die ich beseitigen musste."

Iris erspähte in seinem Gesicht einen Anflug der Beleidigtenmiene. Ein Wort des Dankes war von ihm sowieso nicht zu erwarten. Er fühlte sich wohl gekränkt und meinte, dass sie ihm ins Handwerk gepfuscht hätte. Hoffentlich redete er nicht wieder über relationale Algebren, um zu beweisen, dass er ihr durch sein Mathematikstudium etwas voraushatte. Sie hatte Informatik studiert und wusste, wie man programmierte. Sie war nicht so ein Stümper.

Anstatt eines Besseren belehrt in sein Büro zu verschwinden, redete er weiter auf sie ein: „Hast du daran gedacht, dass die Datenbestände wegen der Notfallsteuerung doppelt gehalten werden müssen, dass du von jedem Datensatz, den du änderst, ein Duplikat anlegen musst? Das funktioniert nicht mehr."

Dieser Rechthaber. Diese Arroganz. Wollte er ihr einen Fehler unterstellen? Konnte er nicht bei sich anfangen und nach seiner Schuld suchen? Andauernd hängte er seine Fehler anderen an. Wie immer demonstrierte er seinen angeblichen Wissensvorsprung und fing deshalb von der Notfallsteuerung an. Das hatte überhaupt nichts mit dem Aufbau der Datenbank zu tun.

„Du bist erst seit einer Stunde hier. Wie kannst du alles durchgesehen haben? Schau dir doch erst mal alles an, bevor du hier Anschuldigungen aussprichst."

Abermals fand Thomas keine Worte. Wie an einem Panzer prallte jedes Argument an ihr ab. Er wandte sich um. Im Türrahmen blieb er stehen, weil ihm noch etwas eingefallen war.

„Okay, wo hast du die Änderungen dokumentiert?"

Iris hasste seine Hartnäckigkeit. Er sollte es endlich einsehen. Wie konnte er in Urlaub fahren und eine Datenbank hinterlassen, die nicht funktionierte? Dazu warf er ihr vor, dass sie nicht ihren gesamten Schlaf geopfert hatte, um seine Fehler auszubügeln.

„Ich merke mir, was ich gemacht habe. War 'ne einfache Sache. Außerdem ist es deine Datenbank. Ist 'ne gute Übung für dich, wenn du die Änderungen dokumentierst. Du kannst mich ja fragen, falls dir etwas unklar sein sollte."

Ihm wurde übel. Magenflüssigkeit stieg die Speiseröhre hoch. Er war nicht Iris' Programmierknecht. Erst schmiss sie wichtige Tabellen raus, und dann sollte er es dokumentieren.

Den ganzen Tag erkundete er die neue Datenbank. Die Notfalldaten waren wirklich verschwunden. Der Aufbau der Tabellen verstieß gegen alle Regeln. Ein Informatikstudent im dritten Semester hätte es besser gemacht. War ihr denn nicht eingefallen, die Abfragen in den Auswertungsprogrammen zu überprüfen und dort etwas zu ändern? Musste sie gleich die ganze Datenbank zerstören?

Thomas verzweifelte. Nie würde sie einen Fehler zugeben. Wie denn auch? Ihr würde nicht einmal klar sein, dass sie etwas falsch gemacht hatte. In ihren Augen war alles richtig, was sie tat. Sie hatte nur seine Fehler korrigiert und das System weiterentwickelt, ja sogar optimiert.

Immer wieder wunderte er sich, wie Iris es schaffte, ihre groben Schnitzer zu vertuschen, zu verniedlichen, und wenn das nicht half, auf andere zu schieben. Mit der Maske der Freundlichkeit wand sie sich aus allen brenzligen Situationen heraus. Warum durchschaute keiner ihr zweites, geheuchelte Gesicht? Warum war sie bei allen so beliebt?

Am nächsten Morgen rief Kathrin Thomas in ihr Büro.

„Die Notfallsteuerung funktioniert nicht. Andreas hat mich gerade angerufen. Er ist total verzweifelt. Hast du eine Ahnung, was passiert sein könnte?"

„Die Tabellen mit den duplizierten Datensätzen für die Notfallsteuerung sind gelöscht worden, soweit ich das gestern feststellen konnte."

„Und davon hast du mir nichts davon gesagt? Muss ich dich ständig daran erinnern, dass wir Kraftwerke bauen?"

„Ich war mir nicht sicher. Ich wollte das noch einmal überprüfen."

„Ich habe das selbst probiert und habe die Dokumentation des Systems durchgesehen. Leider bin ich nicht dahinter gestiegen. Die Datenbank ist völlig anders aufgebaut, als du es in der Dokumentation hinterlegt hast. Kannst du denn nicht die Dokumentation auf dem aktuellsten Stand halten?"

„Ich bin doch gestern erst aus dem Urlaub zurückgekommen, und Iris hat während meines Urlaubs ..."

„Wenn du unbedingt wieder alles auf andere schieben willst, dann holen wir Iris hinzu."

144

Kathrin rief Iris an. Iris stürmte herein und würdigte Thomas keines Blickes. Nach der Datenbankänderung gefragt entgegnete sie prompt: „Nach meinen Änderungen letzte Woche, haben alle Systeme einwandfrei funktioniert. Ich habe das ausgiebig getestet. Außerdem habe ich gestern Thomas die Änderungen ausführlich erklärt und ihn gebeten, sie zu dokumentieren, da ich letzte Woche mehrmals bis Mitternacht gearbeitet habe und mir deshalb die Zeit fehlte, mich auch noch um die Dokumentation zu kümmern. Ich habe darauf vertraut, dass er das gestern erledigen würde."

Kathrin sah ihn an: „Also, Thomas, warum hast du gestern die Dokumentation nicht geändert? Ich verlasse mich auf diese Dokumente und kann nicht begreifen, warum du sie als nebensächlich betrachtest."

„Aber ich musste die Datenbank durchsehen, um die Änderungen zu verstehen."

„Iris hatte dir doch erklärt ..."

„Ja, genau. Die paar Änderungen kann man in einer Stunde nachvollziehen und dokumentieren. Ich verstehe gar nicht, welche Probleme du damit hattest. Du hättest mich ja fragen können. Ich hätte dir sofort geholfen."

Sie lächelte. Widerliche falsche Fratze, dachte Thomas. Warum durchschaute keiner ihre Falschheit?

Kathrin brach die Diskussion ab, schickte Thomas hinaus und schloss die Tür hinter ihm.

Iris sagte: „Ich verstehe nicht, warum er Probleme mit den einfachsten Dingen hat. Bestimmt hat er gestern versucht, meine Änderungen rückgängig zu machen und so die Notfallsteuerung außer Betrieb gesetzt."

„Ich weiß nicht, was in letzter Zeit mit ihm los ist. Die Qualität seiner Arbeit sinkt und sinkt. Iris, das Projekt ist mir wichtig. Die Deadline rückt heran. Ab sofort übernimmst du die Datenbank. Thomas soll sich um die Korrektheit der Datensätze kümmern. Unser Student hat vorhin angerufen und sich krank gemeldet. Das muss auch bis Ende der Woche erledigt werden."

Wieder einmal hatte Kathrin ihre Fähigkeiten erkannt. Zugegeben, es war hart, die Fehler von Thomas ausbügeln zu müssen. Das würde sie einige Überstunden kosten. Dafür würde ihr Ansehen um so mehr steigen. Warum nur waren die anderen derart schwer von Begriff? Es war wirklich nichts kompliziertes an dem System. Wenn es nicht so groß wäre, würde sie am liebsten alle Teile selbst kontrollieren, um sicher zu gehen, dass die Fehler der anderen keine Auswirkung hatten.

Sie ging in Thomas' Büro und teilte ihm Kathrins Entscheidung mit. Er winkte ab.

„Du wirst es schon besser machen."

Nun wurde er auf Betreiben dieser falschen Schlange sogar vom Programmieren ferngehalten. Seit Kathrins Mann gestorben war, lebte sie in einer anderen Welt und bekam nicht mit, was die Leute in der Abteilung tatsächlich trieben. Iris nutzte die Situation schamlos aus und trieb ihren Aufstieg voran. Eines Tages würde sie Kathrin ersetzen. Dann wäre es vorbei mit der falschen Freundlichkeit, und Kathrin würde endlich spüren, mit wem sie es zu tun hatte. Andere Leute kümmerten ihn freilich schon längst nicht mehr. Er sorgte sich, dass aus dem Treten auf der Stelle nicht ein rasanter Abstieg wurde.

Thomas starrte auf den Bildschirm, sah die Datensätze einzeln durch und überprüfte, ob alle Einträge korrekt waren. Ein lausiger Job.

Iris verließ das Büro. Anscheinend würde er für eine Weile die beleidigte Leberwurst spielen. Um so besser. Sie würde Zeit und Ruhe für die Datenbank haben. Endlich hatte Kathrin ihm eine Arbeit zugewiesen, bei der er kaum Schaden anrichtete. Sofern er Fehler in den Daten übersah, was auch dem Studenten schon passiert war, würden es die Ingenieure beim Testlauf der Anlage bemerken und die fehlerhaften Daten korrigieren.

Am Freitag lief das System. Die am frühen Morgen einge-
flogenen Amerikaner saßen betont munter am Konferenztisch
und sahen zu, wie sich Thomas mit dem Projektor abmühte.
Endlich fand er den richtigen Schalter und präsentierte die
erste Folie.

Kathrin hatte entschieden, dass Thomas den Vortrag über
die Datenstrukturen halten sollte. Dabei hatte Iris die ganze
Arbeit geleistet. Ohne sie wäre das System nicht rechtzeitig
fertig geworden. Sie hätte auch schönere Folien entworfen als
dieser Dilettant. Nicht einmal das Firmenlogo hatte er in der
linken oberen Ecke platziert. Die Schrift wackelte kränklich auf
dürren Füßen. Endlose Zahlenkolonnen wurden den Betrach-
tern unkommentiert zugemutet. Dazu stotterte er in einem
grauenvollen Englisch seinen Vortrag herunter und kannte die
einfachsten Vokabeln nicht. Nach jahrzehntelangem Russisch-
unterricht war wahrscheinlich sein Gehirn nicht mehr in der
Lage, andere Fremdwörter aufzunehmen. Wie oft hatte er von
der Schönheit der russischen Sprache geschwärmt statt Englisch zu lernen.

Der Vortrag war Thomas' letzte Chance. Falls er sich bewährte, würde Kathrin ihm seine Aufgaben zurückgeben.
Wenn nicht, müsste er sich nach einem neuen Job umsehen.

Obwohl Thomas die Besucher aus der Zentrale zu Anfang
ermuntert hatte, Fragen zu stellen, rührten sich die Amerikaner
nicht. Er hoffte inständig, dass sie nicht dahinter kämen, dass
das System so nicht funktionieren konnte. Gestern hatte er in
Iris' Auftrag die Daten noch einmal überprüft und entdeckt,
dass sie eine pragmatische Lösung für die Notfallsteuerung
gefunden hatte. Sie hatte einfach die Tabellen mit den vorhan-
denen Daten kopiert und als Notfalldaten deklariert. Es war ihr
überhaupt nicht in den Sinn gekommen, Kopierprogramme für
später hinzukommende Daten anzulegen. In ein paar Wochen
würde ein Systemausfall verheerende Folgen haben, und die
Schuld würde natürlich an ihm hängen bleiben. Er getraute
sich nicht, Kathrin auf den Fehler aufmerksam zu machen. Er

befürchtete, Iris würde ihm, wie so oft, das Wort im Munde umdrehen.

Er lotste die Amerikaner um die Schwachstelle. Sie stellten wirklich keine Fragen. Nur Iris sah die Untiefe. Ihr Pfannkuchengesicht strahlte auf einmal nicht mehr.

Die Amerikaner bedankten sich und erhoben sich. Iris grinste Thomas an, der immer noch am Projektor stand, und fragte auf Englisch: „Die Duplizierung der Notfalldaten muss verbessert werden."

Die Amerikaner setzten sich wieder.

Thomas' Kopf war leer. Er fand keine englischen Vokabeln. Die Sache hatte ihn schneller eingeholt als erwartet. Schließlich antwortete er auf Deutsch: „Die hast du so konzipiert."

Die Amerikaner sahen ihn verständnislos an.

„Mein Konzept sah anders aus als das, was realisiert wurde."

„Das hast du so realisiert", gab er Kontra.

Sein Magen zog sich zusammen. Gleich würde er zum Sündenbock gemacht werden.

„Ich war gestern nicht als letzter an der Datenbank. Ich habe gestern keine Datensätze geändert. Ich habe dich gestern gebeten, noch einmal die Strukturen durchzugehen, damit du dich auf deinen Vortrag vorbereitest. Und nun wurde die Datenbank mit nichtfunktionierender Notfallsteuerung präsentiert," entgegnete ihm Iris auf Englisch.

Die Amerikaner fragten, ob etwas nicht stimme, im System oder in der Präsentation. Kathrin beruhigte die Gäste und drängte zum Mittagessen. Zu Thomas sagte sie: „Wir sprechen uns später."

Iris rief ihr nach: „Letzte Woche hat alles ausgezeichnet funktioniert."

Kathrin hörte sie nicht, weil sie den Amerikanern erzählte, welche Sehenswürdigkeiten sie morgen gemeinsam besichtigen würden.

Thomas und Iris blieben im Besprechungsraum zurück. Thomas sammelte die Papiere zusammen. Seine letzte Chance lag in Trümmern.

Iris ging zur Tür. Im Türrahmen drehte sie sich um und sagte: „Ich würde mal einen Englischkurs machen. Und ich will nicht erst zum Optiker, um deine Folien entziffern zu können. Den nächsten Vortrag mache ich."

Sie sah die Bestürzung in Thomas' Gesicht. Endlich war der Groschen gefallen. Er schien begriffen zu haben, wie egal er ihr war. Das hoffte sie zumindest.

Lisa feierte ihren dreißigsten Geburtstag im Garten ihres Freundes. Draußen vor der Stadt besaßen seine Eltern ein großes Haus.

Als Iris in der Abteilung anfing und sich Lisa und Thomas auf ihren mittäglichen Ausflügen anschloss, hatte sie gedacht, dass Thomas hinter Lisa her wäre. Schon damals war ihr Thomas lästig. Er lief ihnen nach, kaufte fast nie etwas und redete die ganze Zeit einfallslos daher. Iris hatte sich über seine Litaneien lustig gemacht. Lisa hatte auch darüber gelacht. Bald hatte sie gescherzt, wen von ihnen beiden er wohl mit seinen Avancen meinte. Seit Lisa einen Freund hatte, war sich Iris sicher, dass Thomas es auf sie abgesehen hatte.

Im Garten saßen einige Leute auf Plastikstühlen. Lisa lehnte an der Terrassentür. Iris gratulierte ihr und übergab das Geschenk. Lisa packte es gleich aus und fiel ihr um den Hals. Iris hatte wieder einmal Lisas Geschmack getroffen. Diese CD zu ihrem Lieblingsmusical hatte sie noch nicht.

Die beiden unterhielten sich, bis Iris plötzlich durch ein „Herzlichen Glückwunsch!" mitten im Satz unterbrochen wurde. Thomas hatte sich unbemerkt angeschlichen und drängte Lisa sein Geschenk auf. Von Manieren und Abwarten hatte er wahrscheinlich noch nie etwas gehört.

Während Lisa das Geschenk auspackte, wandte sich Iris ab und suchte sich einen Stuhl zwischen ihren Kollegen. Sogleich war sie in ein Gespräch verwickelt.

Wenig später setzte sich Thomas ausgerechnet auf den Stuhl neben ihr. Sie nahm nicht zur Kenntnis, dass es der einzige freie Platz war, so verärgert war sie über seinen plumpen Annäherungsversuch. Sollte er doch einer anderen seine Aufwartung machen. Wann würde sie endlich von dieser Plage befreit werden?

Bald waren mehr Leute da, als Stühle vorhanden waren, so dass sich Grüppchen bildeten, die teils saßen, teils standen und sich laufend veränderten. Die Gruppe um Iris war die lauteste und beständigste. Sie gab an diesem Abend erneut ein eindrucksvolles Beispiel ihrer Unterhaltungskunst.

Mit der Zeit verließen die Leute ihren Kreis, bedienten sich am Salatbüfett und holten sich Bratwürste vom Grill. Als nur noch wenige Leute übriggeblieben waren, ergriff Thomas das Wort. Es ärgerte Iris, dass er allenthalben das letzte Wort hatte, sich profilierte und die Leute mit Erzählungen über Irland quälte. Was gab es langweiligeres, als den Urlaub im Regen zwischen Schafen zu verbringen.

Jutta schloss sich ihnen an. Das hatte noch gefehlt. Bald würden die beiden über Dresden sprechen. Warum hatte Lisa die Leute aus der Buchhaltung eingeladen? Diese Zahlenknechte mit ihrem einschläfernden Gerede. Nur weil Lisa früher jahrelang mit diesen Leuten Tür an Tür gesessen hatte, musste sie sich nicht verpflichtet fühlen, sie weiterhin einzuladen.

Jutta war der einzige Gesprächspartner, der zu Thomas passte. Sie würde seine Ost-Litaneien freudig ertragen. Und wirklich erzählte Thomas, dass die Frauenkirche wieder ein paar Meter gewachsen war. Jutta hörte zu. Sie war schon eine Weile nicht mehr in Dresden gewesen.

Iris floh ans Büfett. Kaum hatte sie ihren Teller gefüllt, tauchte Thomas neben ihr auf. Ständig lief er ihr hinterher. Der Abend war verdorben.

Schwarze Schatten drängten die Gäste enger um den Tisch zusammen. Windlichter erhellten die Runde. Einige waren gegangen, so dass alle einen Sitzplatz fanden. Von neuem fand sich Thomas in Iris' Nähe ein. Irgendwie hatte er es nicht geschafft, den Platz neben ihr zu erobern, aber das machte den Abend nicht angenehmer, denn Jutta saß zwischen ihnen. Iris' rechtes Ohr musste pausenlos Erzählungen aus dem Osten über sich ergehen lassen. Was war denn besonderes am Tafelsilber der Wettiner? Davon hatten auch andere Könige genug.

Iris ergriff die Initiative, um sich vom Gesächsel zu befreien. Mitten im Satz unterbrach sie Thomas und fragte Jutta: „Tolle Party, nicht?"

Jutta nickte.

Iris fragte Jutta, seit wann sie Lisa kannte. Sie drang so lange auf sie ein, bis sie herausgefunden hatte, dass Jutta früher Klavier gespielt hatte. Das war ein Thema, über das Iris sich stundenlang unterhalten konnte. Thomas war abgeschrieben. Ihr rechtes Ohr dankte.

Thomas verkroch sich wie eine Schnecke in seinem Haus, nachdem ihm Iris mitten im Satz die Gesprächspartnerin weggenommen hatte. Vorsichtig streckte er seine Fühler aus und verfolgte die Gespräche in der Runde, ohne dass er an einem teilhatte. Er hatte wirklich versucht, sich von Iris fernzuhalten, aber wie von Zauberhand war er immer wieder in ihrer Nähe gelandet.

Das Gespräch neben ihm verstummte endlich. Er wandte sich Jutta zu und wollte den abgerissenen Faden wieder aufnehmen. Doch Jutta stand auf und verabschiedete sich von ihm, ohne auf ihr Gespräch über Dresden zurückzukommen.

Der Platz zu seiner linken blieb nicht lange leer. Lisa setzte sich an Iris' Seite. Die beiden Freundinnen flüsterten miteinander. Nur vereinzelte Wörter ohne Sinn erreichten sein Ohr. Plötzlich hob sich Iris' Stimme: „Gewisse Leute in der Abtei-

lung sind sich nicht zu schade, die Passwörter anderer auszuspionieren."

„Wirklich?" fragte Lisa nach.

„Meines jedenfalls wurde ausspioniert", bekräftigte Iris. Die
Runde horchte auf.

Thomas wusste, dass sie zu ihm sprach. Sie hatte wieder
einmal Lust, ihn mit einer ihrer unbegründeten Anschuldigungen zu verfolgen. Er sprang auf und wollte sich auf der anderen Seite in Sicherheit bringen, bevor es zu spät war.

Es war bereits zu spät.

„Wenn man vom Teufel spricht, ..."

Ihre Stimme zwang ihn, sich umzudrehen. Er sah ihr heim-
tückisches Grinsen. Trotzdem bemühte er sich, ruhig und
gleichgültig dreinzuschauen.

„Na, wozu braucht man wohl mein Passwort?" hörte er Iris
fragen.

„Dein Passwort?" Er zuckte mit den Schultern. „Alle haben
doch die gleichen Zugriffsrechte."

Wie lange noch, fragte er sich. Er ging um den Tisch zum
Salatbüffet und versuchte, sich im Dunkel unsichtbar zu
machen.

Die Frage war entschieden. Er würde kündigen und sich
einen neuen Job suchen. Die gab es wie Sand am Meer. Das
Jahr 2000 rückte näher und näher. Innerlich hatte er sich von
den Kollegen längst verabschiedet.

Die Kündigung würde ihm auch die Aussprache mit
Kathrin ersparen. Sie hatte ihn für Montag zu sich ins Büro
bestellt. Erleichtert atmete er auf. Endlich hatte er sich von
diesem Alptraum befreit.

Iris sagte zu Lisa: „Der setzt von Mal zu Mal schneller seine
Beleidigtenmiene auf."

Lisa kicherte. Iris schwieg. Die Kollegen nahmen ihre ur-
sprünglichen Unterhaltungen wieder auf. Es war eine typische
Vorstellung gewesen. Sobald man ihn zur Rede stellte, machte
er sich aus dem Staub. Übermorgen würde sie ihn am Schlafitt-

chen packen. Im Büro konnte er nicht einfach Reißaus nehmen. Wenn sie sich vorstellte, welchen Schaden er unter Benutzung ihres Passwortes anrichten könnte, lief ihr ein kalter Schauer über den Rücken. Er könnte ihr die Schuld in die Schuhe schieben, und die Protokolle würden ihm recht geben.

Es reichte ihr. Der Abend war endgültig verdorben. Es war besser, nach Hause zu fahren. Hoffentlich würde sie wenigstens in ihren Träumen von ihm verschont bleiben.

Sie verabschiedete sich von allen und ging um das Haus zu ihrem Auto. Sie hörte Schritte und drehte sich um. Er gab nicht auf. Selbst hier verfolgte er sie.

Feindselig funkelten ihre Smaragdaugen ihn an, während er seine Ausrede stammelte: „Ich muss auch nach Hause. Der letzte Bus fährt gleich. Eine ungünstige Lage hat das Haus. Nachts fahren die Busse nicht mehr, und du bist auf ein Auto angewiesen. Du hast Glück, dass du ein Auto hast. Da bist du unabhängiger und schneller zu Hause."

„Ich fahre nicht in die Stadt. Ich habe noch etwas zu erledigen", entgegnete sie.

Wie konnte er nach allem, was geschehen war, noch fragen, ob sie ihn nach Hause chauffieren würde? Sie wandte sich ab. Seinen Abschiedsgruß erwiderte sie nicht.

Thomas eilte den Berg hinunter zur Bushaltestelle.

Iris ließ den Motor an. Natürlich hatte sie noch etwas zu erledigen. Sie trat aufs Gaspedal und sauste den Berg hinab.

Thomas hörte den Wagen kommen, drehte sich allerdings nicht um. Das war wieder ein typischer Auftritt gewesen. Jedes Wort schnitt sie ihm ab, und wenn er etwas sagte, verdrehte sie den Sinn, diese kleine, arrogante Schlange.

Der Ärger fraß sich einige Zentimeter tiefer in ihn hinein. Es sollten die letzten sein, denn kurz darauf wurde traf ihn ein harter Schlag, der ihn gegen einen Baum schleuderte und ihm das Genick brach.